JANELA INDISCRETA

FSC
Fontes Mistas
Grupo de produtos proveniente de florestas bem manejadas e outras fontes controladas

Cert no. SW-COC-001662
www.fsc.org
© 1996 Forest Stewardship Council

GREENPEACE

A marca FSC é a garantia de que a madeira utilizada na fabricação do papel deste livro provém de florestas de origem controlada e que foram gerenciadas de maneira ambientalmente correta, socialmente justa e economicamente viável.

O Greenpeace — entidade ambientalista sem fins lucrativos —, em sua campanha pela proteção das florestas no mundo todo, recomenda às editoras e autores que utilizem papel certificado pelo FSC.

CORNELL WOOLRICH

JANELA INDISCRETA
E OUTRAS HISTÓRIAS

Tradução:
RUBENS FIGUEIREDO

COMPANHIA DAS LETRAS

Copyright © 1942 by Cornell Woolrich
Copyright renovado © 1970 by Espólio de Cornell Woolrich

Título original:
Rear window and other stories

Projeto gráfico de capa:
João Baptista da Costa Aguiar

Foto da capa:
James Stewart e Raymond Burr em cena de Janela indiscreta *(1954), filme de Alfred Hitchcock inspirado livremente no conto de Cornell Woolrich.* © Bettmann/ Corbis/ LatinStock

Preparação:
Cacilda Guerra

Revisão:
Isabel Jorge Cury
Arlete Sousa

Dados Internacionais de Catalogação na Publicação (CIP)
(Câmara Brasileira do Livro, SP, Brasil)

Woolrich, Cornell, 1903-1968.
 Janela indiscreta : e outras histórias / Cornell Woolrich ; tradução Rubens Figueiredo. — São Paulo : Companhia das Letras, 2008.

 Título original : Rear window and other stories
 ISBN 978-85-359-1308-8

 1. Ficção policial e de mistério (Literatura norte-americana) I. Título.

08-07685   CDD-813.0872

Índice para catálogo sistemático:
1. Ficção policial e de mistério : Literatura norte-americana
  813.0872

2008
Todos os direitos desta edição reservados à
EDITORA SCHWARCZ LTDA.
Rua Bandeira Paulista, 702, cj. 32
04532-002 — São Paulo — SP
Telefone: (11) 3707-3500
Fax: (11) 3707-3501
www.companhiadasletras.com.br

SUMÁRIO

Janela indiscreta, 7
Post-mortem, 53
Três horas, 93
Homicídio trocado, 133
Impulso, 161

JANELA INDISCRETA

Eu não sabia seus nomes. Nunca ouvira suas vozes. Estritamente falando, não os conhecia nem de vista, pois seus rostos eram pequenos demais para adquirirem feições identificáveis àquela distância. No entanto, eu podia construir um cronograma de suas idas e vindas, de seus hábitos e atividades cotidianas. Eram os moradores das janelas à minha volta.

Claro, acho que *era* um pouco parecido com bisbilhotice, poderia até ser confundido com a concentração febril de um *voyeur*. Isso não era culpa minha, não era essa a questão. A questão era que, justamente naquela ocasião, meus movimentos estavam severamente limitados. Eu podia ir da janela para a cama, e ir da cama para a janela, mais nada. A janela, uma bay window, era a melhor atração do meu quarto, quando fazia calor. Não tinha uma tela protetora, assim eu precisava ficar ali sentado com a luz apagada, senão todos os insetos da vizinhança cairiam em cima de mim. Eu não conseguia dormir, porque estava acostumado a fazer muito exercício. Nunca adquiri o hábito de ler livros para afastar o tédio, por isso eu também não podia recorrer a esse expediente. Bem, o que eu ia fazer? Ficar ali sentado com os olhos bem fechados?

Só para citar alguns deles, ao acaso, bem na minha frente, nas janelas quadradas, havia um casal de jovens agitados, criançolas, ainda na adolescência, e recém-casados. Para eles, ficar em casa de noite era a morte. Estavam sempre tão apressados para sair, para ir sei lá aonde, que nunca se lembravam de apagar a luz. Não acho que isso tenha falhado nem uma vez durante todo o tempo que fiquei observando. Mas também nunca esqueciam completamente. Mais tarde, eu aprenderia a chamar isso de ação retardada, como vocês vão ver. Ele sempre voltava numa pressa louca, depois de uns cinco minutos, na certa vinha lá do meio da rua, e passava correndo pelos quartos, desligando os interruptores. Em seguida tropeçava e caía em cima de alguma coisa no escuro, antes de sair. Aqueles dois me faziam dar boas risadas por dentro.

No apartamento de baixo, as janelas já ficavam um pouco reduzidas por causa da perspectiva. Havia nesse prédio outra pessoa que também saía toda noite. Alguma coisa ali me deixava um pouco triste. Era uma mulher que morava com o filho, uma jovem viúva, imagino. Eu via a mulher pôr a criança para dormir, depois ela se debruçava sobre a criança e a beijava de um jeito melancólico. Diminuía a luz e ficava ali sentada, pintando os olhos e a boca. Em seguida saía de casa. Nunca voltava antes que a noite já tivesse quase terminado. Certa vez, eu ainda estava acordado, olhei e ela estava lá, sentada, imóvel, com a cabeça enterrada nos braços. Alguma coisa ali me deixava um pouco triste.

O terceiro apartamento para baixo não oferecia nenhuma visão interna, as janelas eram simples fendas, como aquelas ameias medievais, por causa do meu ângulo de visão. Isso nos leva para o prédio da ponta. Ali, voltava de novo a visão frontal, até o fundo, pois o prédio ficava em ângulo reto em relação ao resto, inclusive em relação ao meu, fechando o vão interno para onde davam as janelas dos fundos de todos aqueles prédios. Por uma das laterais da minha janela, eu conseguia enxergar lá dentro, tão livremente quanto se vê o interior de uma casa de bonecas, sem a parede de trás, e tudo tão pequeno quanto.

Era um prédio de apartamentos. Ao contrário do resto, ele foi construído originalmente assim, não foi dividido depois em apartamentos. Era dois andares mais alto do que os outros prédios e tinha saídas de emergência pelos fundos, para dar uma impressão de distinção. Mas era velho, obviamente não dava um grande lucro. Estava sendo reformado. Em vez de esvaziar o prédio inteiro durante a obra, estavam reformando um andar de cada vez, a fim de perder o menor número possível de aluguéis. Entre os seis apartamentos de fundo que ele deixava à mostra, o mais alto já tinha ficado pronto, mas não havia sido alugado. Estavam agora trabalhando no quinto andar, perturbando o sossego de todo mundo, em cima e embaixo da parte interna do prédio, com seus martelos e serras.

Eu tinha pena do casal do apartamento de baixo. Ficava imaginando como é que podiam agüentar, com toda aquela baderna em cima de suas cabeças. Para piorar ainda mais, a esposa sofria de alguma doença crônica; eu podia perceber isso, mesmo a distância, pela maneira apática como ela se movimentava lá dentro, sempre de roupão, sem trocar de roupa. Às vezes eu a via sentada perto da janela, segurando a cabeça. Eu me perguntava por que ele não chamava um médico para examinar a mulher, mas talvez não pudessem pagar. O homem parecia estar desempregado. Muitas vezes a luz do quarto deles ficava acesa até tarde por trás da persiana, como se ela não estivesse passando bem e o marido ficasse sentado ao seu lado. Numa noite, em especial, ele deve ter tido de ficar acordado junto da mulher a noite inteira, a luz ficou acesa até amanhecer. Não que eu tenha ficado olhando durante todo esse tempo. Mas a luz ainda estava acesa às três da madrugada, quando eu, enfim, me transferi da cadeira para a cama, para ver se eu mesmo conseguia dormir um pouco. E quando entendi que não conseguia dormir, e me arrastei de volta para a cadeira já ao raiar do dia, a luz estava espreitando palidamente por trás da persiana de cor castanha.

Alguns minutos depois, com o primeiro alvor da manhã, a luz de repente diminuiu nas bordas da persiana, e logo em seguida, não aquela, mas a persiana de um dos outros quartos — pois todas estavam igualmente abaixadas — subiu e eu vi o homem ali parado, olhando para fora.

Ele tinha um cigarro na mão. Eu não podia ver o cigarro, mas podia adivinhar que era isso pelos pequenos solavancos nervosos e bruscos com que ele movia a mão até a boca, e pela névoa que eu via subir em volta da sua cabeça. Preocupado com a mulher, eu achei. Não o culpei por isso. Qualquer marido ficaria preocupado. Ela devia ter acabado de pegar no sono, depois de uma noite inteira de sofrimento. E então, mais ou menos uma hora depois, no máximo, ia começar de novo a barulhada de serrotes na madeira e a batida dos baldes em cima deles. Bem, não era da minha conta, eu dizia para mim mesmo, mas na verdade era melhor que ele fosse embora dali. Se eu tivesse uma esposa doente nas minhas mãos...

Ele estava um pouco debruçado para fora, talvez uns três centímetros para além da janela; observava cuidadosamente os fundos de todos os prédios que davam para o vão quadrado que se estendia à sua frente. Mesmo a distância, dá para ver quando uma pessoa está olhando fixamente. Há alguma coisa na maneira como deixa a cabeça. E no entanto a sua observação não se fixava em nenhum ponto determinado, era um vagaroso movimento de varredura que percorreu primeiro o prédio em frente ao meu. Quando chegou ao fim dele, eu sabia que ia passar para o meu lado e fazer a volta por ali. Antes que isso acontecesse, recuei vários metros para dentro do meu quarto, a fim de deixar que o seu olhar passasse sem o risco de me ver. Eu não queria que ele pensasse que eu estava ali parado xeretando a vida dele. Ainda havia, no quarto, um resto suficiente da sombra azul noturna para evitar que eu chamasse a sua atenção.

Quando voltei para a minha posição original, um ou

dois minutos depois, ele tinha ido embora. Havia levantado mais duas persianas. A do quarto de dormir continuava abaixada. Eu me perguntei vagamente por que ele lançara aquele curioso olhar abrangente, semicircular, dirigido a todas as janelas à sua volta. Numa hora como aquela, não havia ninguém em nenhuma delas. Não tinha importância, é claro. Era só um pequeno capricho, não combinava com o fato de ele estar preocupado ou abalado com a saúde da esposa. Quando a gente está preocupado ou abalado, há uma inquietação interior, a gente olha de um jeito vago e não presta atenção em nada em especial. Quando alguém olha para as janelas à sua volta, num grande arco, isso denota uma preocupação exterior, um interesse externo. As pessoas não são iguais umas às outras. Chamar essa discrepância de frívola é exagerar a sua importância. Só alguém como eu, ansioso, num vácuo de ociosidade completa, poderia notar tudo isso.

O apartamento continuou sem vida depois disso, até onde se podia avaliar por suas janelas. Ou o homem tinha ido embora ou também fora dormir. Três persianas continuaram na altura normal, aquela que encobria o quarto permanecia abaixada. Sam, o meu empregado diarista, chegou pouco depois, com os meus ovos e o jornal matutino, e com isso matei o tempo durante uma parte da manhã. Parei de pensar nas janelas dos outros e de olhar para elas.

O sol bateu enviesado num dos lados do quadrado oco durante a manhã inteira, depois virou para o outro lado, à tarde. Em seguida, começou a deslizar para baixo e a abandonar os dois lados por igual, e anoiteceu de novo — mais um dia se foi.

As luzes começaram a se acender em redor da área interna quadrangular. Aqui e ali, como uma caixa de ressonância, paredes refletiam sons, fragmentos de um programa de rádio muito alto. Quando a gente prestava bastante atenção, conseguia ouvir no meio do barulho um ruído de pratos, leve e distante. A cadeia de pequenos hábitos que compunham a vida deles começava a se desenrolar. Todos estavam presos nesses hábitos mais estreitamente do que a mais apertada camisa-de-força que um carcereiro poderia imaginar, embora todos se julgassem livres. Os dois jovens frenéticos davam suas fugas noturnas em busca de espaços amplos, esqueciam as luzes acesas, o rapaz voltava afobado aos trambolhões, apagava as luzes com um toque dos dedos e depois o apartamento deles ficava escuro até o fim da madrugada. A mulher punha o filho para dormir, inclinava-se tristonha por cima do berço, em seguida sentava-se num desespero pesado para pintar a boca de vermelho.

No apartamento do quarto andar, num ângulo reto com a comprida "rua" interna, as três persianas continuavam levantadas e a quarta persiana permanecera baixada até o fim, durante o dia inteiro. Eu não tinha me dado conta disso porque não prestara atenção especial nas janelas, nem havia pensado no assunto, até aquele momento. Meus olhos podiam pousar às vezes naquelas janelas durante o dia, mas meus pensamentos andavam longe. Foi só quando uma luz se acendeu de repente atrás de uma das persianas levantadas no cômodo da ponta, que era a cozinha deles, que me dei conta de que as persianas tinham ficado intactas durante todo o dia. Isso também trouxe à minha cabeça um outro pensamento, que não estava nela até então: eu não vira a mulher durante o dia inteiro. Não tinha visto nenhum sinal de vida dentro daquelas janelas, até aquele momento.

Ele entrou, vindo de fora. A entrada ficava no lado oposto da cozinha, longe da janela. O homem deixara o chapéu na cabeça, por isso eu sabia que ele tinha acabado de entrar em casa.

Não tirou o chapéu. Como se já não houvesse ali mais ninguém para justificar que ele tirasse o chapéu. Em vez disso, empurrou-o um pouco para trás da cabeça, enfiando a mão nas raízes do cabelo. Esse gesto não denotava o desejo de enxugar o suor, eu sabia. Para fazer isso, a pessoa esfrega a mão para o lado — ele passou a mão da testa para cima. Isso indicava algum tipo de inquietação ou incerteza. Além do mais, se estivesse com excesso de calor, a primeira coisa que faria era tirar o chapéu de uma vez.

A mulher não foi cumprimentá-lo. O primeiro elo da forte cadeia de hábitos, de costumes, que nos liga uns aos outros havia se rompido.

Ela devia estar tão doente que tinha ficado na cama, no quarto, por trás da persiana abaixada o dia inteiro. Olhei bem. Ele ficou onde estava, nos cômodos distantes de lá. A expectativa virou surpresa, a surpresa, incompreensão. É engraçado, pensei, que ele não tenha entrado para falar com a mulher. Ou que não tenha nem chegado à porta do quarto para ver como ela está passando.

Talvez a mulher estivesse dormindo e o marido não quisesse incomodar. Então, imediatamente: Mas como ele pode ter certeza de que a mulher está dormindo, sem pelo menos dar uma espiada nela? O homem acabou de entrar em casa.

Ele andou para a frente e ficou parado na janela, como tinha feito ao raiar do dia. Sam havia levado minha bandeja já fazia um bom tempo, e eu estava com as luzes apagadas. Fiquei onde estava, sabia que o homem não podia me ver na escuridão da janela. Ele ficou imóvel ali por muitos minutos. E agora sua atitude era mais condizente com uma preocupação interior. Ficou parado, olhando para baixo, para o vazio, perdido em pensamentos.

Está preocupado com ela, como qualquer homem estaria, eu disse para mim mesmo. É a coisa mais natural do mundo. Mas, que engraçado, ele deixou a mulher no escuro desse jeito, não se aproximou dela. Se está preocupado, por que não vai pelo menos dar uma olhada nela ao chegar em casa? Ali estava mais uma daquelas discrepâncias triviais entre a motivação interior e os sinais exteriores. E, exatamente na hora em que eu estava pensando nisso, o gesto original, aquele que eu notara ao raiar do dia, se repetiu. Sua cabeça ergueu-se num renovado estado de alerta e pude ver que ela começava a fazer de novo aquele vagaroso movimento circular de varredura e interrogação pelo panorama das janelas. É verdade, a luz dessa vez estava atrás dele, mas batia luz suficiente sobre o homem para me mostrar a microscópica, mas contínua, mudança de direção da sua cabeça, no decorrer daquele processo. Permaneci cuidadosamente imóvel, até que o olhar distante tivesse passado por mim em segurança. Movimentos chamam a atenção.

Por que ele está tão interessado nas janelas dos outros?, eu me perguntei, sem tomar partido. E, é claro, bastou fazer uma pausa para refletir mais demoradamente sobre esse pensamento para disparar quase no mesmo instante a objeção: Olha só quem está falando. E você, então?
Uma diferença importante me escapou. Eu não estava preocupado com nada. Ele, ao que parecia, estava.
As persianas baixaram outra vez. As luzes ficaram acesas por trás da sua opacidade bege. Mas, por trás da persiana que permanecera o tempo todo abaixada, o quarto continuou escuro.
Passou o tempo. É difícil dizer quanto — quinze, vinte minutos. Um grilo cantou nos fundos de um dos prédios. Sam entrou para ver se eu queria alguma coisa, antes de ele ir para casa dormir. Respondi que não, obrigado — estava tudo bem, podia ir embora. Sam ficou ali de cabeça baixa durante mais um minuto. Depois eu o vi balançar a cabeça de leve, como se fosse em resposta a alguma coisa de que ele não estava gostando.

— Qual é o problema? — perguntei.
— Sabe o que isso quer dizer? Minha velha mãe me contou, e ela nunca me disse uma mentira em toda a sua vida. E eu também nunca vi uma opinião dela falhar.

— O quê? O grilo?
— Toda vez que a gente ouve um grilo, é sinal de morte... em algum lugar perto.
Abanei as costas da mão na direção dele.
— Bem, não é aqui, então não fique preocupado.
Ele saiu, resmungando, teimoso:
— É em algum lugar perto, então. Em algum lugar que não pode ficar longe. Tem de ser.
A porta se fechou às suas costas e fiquei sozinho, no escuro.
Era uma noite abafada, bem parecida com a noite anterior. Eu mal conseguia pegar uma brisa, mesmo na janela aberta diante da qual estava sentado. Eu me perguntei como ele — o desconhecido lá adiante — conseguia agüentar, com as persianas assim abaixadas.

Então, de repente, na hora em que as conjeturas ociosas sobre toda aquela questão estavam prestes a iluminar algum ponto mais preciso em minha mente, a se cristalizar em algo parecido com uma suspeita, as persianas foram erguidas de novo e lá se foi a idéia pelo ar, tão sem forma como antes e sem ter tido chance de pousar em nada.
O homem estava nas janelas do meio, a sala. Havia tirado o paletó e a camisa, tinha os braços nus e estava de camiseta. Acho que ele também não conseguiu agüentar o abafamento.
A princípio, não consegui entender o que ele estava fazendo. Parecia estar ocupado com algum movimento perpendicular, para cima e para baixo, em vez de se mover na horizontal. Permanecia no mesmo lugar, mas toda hora abaixava e sumia de vista e depois se punha ereto e visível outra vez, em intervalos irregulares. Era quase como algum tipo de ginástica, exceto pelo fato de os abaixamentos e os levantamentos não serem ritmados o bastante. Às vezes ficava abaixado por longo tempo, às vezes se

erguia inesperadamente, outras vezes se abaixava duas ou três vezes em rápida seqüência. Havia uma espécie de V preto e muito aberto separando-o da janela. Fosse lá o que fosse, só um pedacinho ficava visível, um pouco acima do ponto em que a janela dele bloqueava a minha linha de visão. A única coisa que aquilo suprimia era a parte de baixo da sua camiseta, numa extensão equivalente talvez a meio centímetro. Mas eu não tinha visto aquilo ali nas outras vezes e não sabia dizer o que era.

De repente ele se afastou daquilo pela primeira vez, desde que as persianas haviam subido, saiu para o lado, abaixou-se numa outra parte do cômodo e esticou de novo, na extensão de um braço, algo que de longe, da distância em que eu me achava, pareciam flâmulas multicoloridas. Voltou para trás do V e deixou-as tombar por cima daquilo, por um instante, e deixou-as ali. Fez mais um dos seus abaixamentos para fora do meu campo de visão e assim ficou durante um bom tempo.

As "flâmulas" penduradas no V mudavam de cor diante dos meus olhos. Tenho olhos muito bons. Ora estavam brancas, ora vermelhas, depois azuis.

Então compreendi. Eram roupas de mulher, e ele as puxava para baixo, na sua direção, uma a uma, pegando sempre a mais alta. De repente todas elas sumiram, o V ficou preto e nu outra vez, e o torso do homem reapareceu. Agora eu sabia o que ele estava fazendo. As roupas me revelaram. Ele confirmou aquilo para mim. Abriu os braços até as pontas do V, pude ver como ele arfava e se remexia, como se fizesse pressão, e de repente o V se fechou, tomou a forma de um prisma. Depois ele fez movimentos giratórios com a parte superior do corpo e o prisma sumiu para um dos lados.

Ele estava arrumando um baú, colocando os pertences da esposa dentro de um baú grande e vertical.

Reapareceu na janela da cozinha pouco depois, ficou parado um momento. Vi-o passar o braço pela testa, não uma vez, mas várias, e depois sacudir a ponta do braço no ar, como um chicote. Claro, numa noite como aquela, era um trabalho pesado. Em seguida, levantou a mão na direção da parede e pegou alguma coisa. Como estava na cozinha, minha imaginação pôs ali um armário e uma garrafa.

Pude ver os dois ou três gestos ligeiros que sua mão fez na direção da boca depois disso. Falei para mim mesmo, com tolerância: É o que nove homens em dez fariam depois de arrumar um baú — tomar um bom drinque. E, se o décimo homem não fizesse isso, seria por não ter nenhuma bebida à mão.

Então ele se aproximou da janela de novo e, pondo-se de lado de modo que só uma fina lâmina da cabeça e do ombro ficava à mostra, espiou atentamente para o lado de fora, para o vão quadrado e escuro, ao longo da linha das janelas, em sua maioria de novo apagadas a essa hora. O homem sempre começava pela sua esquerda, o lado em frente ao meu, e perfazia o seu circuito de inspeção completo a partir dali.

Foi a segunda vez naquela mesma noite que eu o vi fazer aquilo. E, quando amanheceu, fez o mesmo três vezes ao todo. Sorri mentalmente. A gente podia até imaginar que ele se sentia culpado de alguma coisa. Na certa, não era nada, só um costume esquisito, um capricho, do qual nem ele tinha consciência. Eu mesmo tinha as minhas manias, todo mundo tem.

O homem recuou, e a cozinha escureceu. Seu vulto passou para o cômodo vizinho, que ainda estava aceso, a sala de estar. Em seguida, também ficou no escuro. Não me surpreendeu que a luz do terceiro cômodo, o quarto de dormir, com a persiana abaixada, não tenha se acendido com a sua entrada. O homem não ia querer incomodar a mulher, é claro — em especial, se ela estava de partida no dia seguinte, para cuidar da saúde, como indicava o fato de ele ter feito a mala da esposa. Ela precisava de todo o repouso que pudesse conseguir, antes de fazer a viagem. Era bastante fácil para ele enfiar-se na cama no escuro.

Mas fiquei surpreso quando a luz de um fósforo riscado se acendeu, pouco depois, e que ela viesse da sala de estar, que continuava no escuro. O homem devia ter ficado ali deitado, tentando dormir num sofá ou algo assim. Nem chegara a se aproximar do quarto, mantinha-se longe de lá. Isso me deixou intrigado, francamente. Era levar a solicitude longe demais.

Dez minutos depois, mais ou menos, outro fósforo foi aceso, ainda na mesma janela da sala. Ele não conseguia dormir.

A noite ruminava perguntas para nós dois, o xereta ocioso diante da janela e o fumante contumaz no apartamento do quarto andar, e não dava nenhuma resposta. O único som era o grilo, interminável.

Voltei à janela ao primeiro sol da manhã. Não por causa dele. Meu colchão parecia uma cama de carvões em brasa. Sam encontrou-me ali quando entrou para ajeitar as coisas para mim.

— Desse jeito o senhor vai se acabar, seu Jeff — foi só o que ele disse.

Primeiro, durante um tempo, não houve na janela o menor sinal de vida. Então, de repente, vi a cabeça do homem subir de algum canto da sala, fora da minha vista, e então vi que eu tinha razão; ele passara a noite no sofá ou numa poltrona reclinável. Agora, é claro, o homem ia dar uma olhada na esposa para ver como estava passando, saber se estava melhor. Era um gesto de humanidade corriqueiro. Já fazia duas noites que ele nem se aproximara da mulher, pelo que eu pudera acompanhar.

O sujeito não fez isso. Vestiu-se e foi na direção oposta, rumo à cozinha, e lá devorou alguma coisa, de pé e usando as duas mãos. Em seguida, virou-se de repente e afastou-se para o lado, na direção em que eu sabia ficar a entrada do apartamento, como se tivesse acabado de ouvir algum chamado, como um toque da campainha.

De fato, num instante ele voltou e havia dois homens com ele, em aventais de couro. Funcionários de uma empresa de mudança. Eu o vi parado durante um tempo enquanto os dois manejavam com esforço aquele baú preto e o levavam para fora, segurando um de cada lado, na mesma direção de onde tinham vindo. O homem não aguardou parado. Ficou quase que rondando os dois carregadores, movia-se de um lado para o outro, muito preocupado em que tudo fosse bem feito.

Depois voltou sozinho, e vi como esfregou o braço na testa, como se fosse ele, e não os dois carregadores, que estivesse esgotado com o esforço.

Portanto, ele estava despachando o baú da esposa para onde quer que ela estivesse partindo. Era só isso.

Levantou a mão de novo na direção da parede e pegou alguma coisa. Ia tomar outro drinque. Dois. Três. Eu disse para mim mesmo, um pouco desnorteado: Sim, mas desta vez ele não tinha acabado de pôr coisas dentro de um baú. Aquele baú já estava arrumado e pronto para ser despachado desde a noite anterior. Que trabalho pesado tinha havido? De onde vinham o suor e a necessidade de tomar um trago?

Então, afinal, depois de todas aquelas horas, ele foi para o quarto da mulher. Vi sua forma passar pela sala e ir adiante, rumo ao quarto de dormir. A persiana foi levantada, a mesma que tinha ficado abaixada durante todo aquele tempo. Então o homem virou a cabeça e olhou para trás. De um modo que não deixava margem para nenhuma dúvida, mesmo do lugar em que eu estava. Não olhou numa direção determinada, como quando olhamos para uma pessoa. Mas de um lado para o outro, e para cima e para baixo, e a toda a volta, como quando olhamos... para *um quarto vazio*.

Ele ficou ali parado, depois inclinou-se um pouco, estendeu os braços e um colchão vazio, com os lençóis, foi erguido sobre o pé da cama, ficou ali, meio curvo e vazio. Um segundo colchão foi erguido da mesma forma, logo depois.

Ela não estava lá.

As pessoas usam a expressão "ação retardada". Ali eu descobri o que isso quer dizer. Durante dois dias uma espécie de inquietação, uma suspeita sem rosto, não sei como chamar isso, esvoaçara e pairara em redor da minha cabeça, como um inseto à procura de um local de pouso. Mais de uma vez, no instante em que ele estava prestes a pousar, alguma coisa ínfima, alguma coisa ínfima e tranqüilizadora, como erguer as persianas depois de terem ficado abaixadas por um tempo estranhamente longo, fora o bastante para manter a suspeita pairando sem rumo, para evitar que ela ficasse parada durante um tempo suficiente para que eu pudesse identificá-la. O ponto de aterrissagem tinha estado sempre presente, durante todo o tempo, à espera da identificação. Agora, por algum motivo, uma fração de segundo depois de ele ter virado o colchão vazio para trás, ela pousou — *zum!* —, e o ponto de aterrissagem expandiu-se — ou explodiu, chamem como quiserem — na forma da certeza de um assassinato.

Em outras palavras, a parte racional da minha mente estivera bem aquém da parte instintiva, subconsciente. Ação retardada. Agora, as duas haviam se igualado. A mensagem mental que foi deflagrada pela sincronização era a seguinte: Ele tinha feito alguma coisa com a mulher!

Olhei para baixo e minhas mãos estavam repuxando os panos sobre a minha patela, enfaixada e apertada com muita força. Fiz força para afrouxar aquela pressão. Falei para mim mesmo, pondo a cabeça no lugar: Olhe bem, espere um pouco, tenha cuidado, vá devagar. Você não viu nada. Não sabe de nada. Só tem a prova negativa de que não está mais vendo a mulher.

Sam estava ali parado, olhando para mim da porta da copa. Falou, em tom de recriminação:

— O senhor nem tocou na comida. E sua cara está branca feito um lençol.

Parecia mesmo um lençol. Dava aquela sensação de formigamento que vem quando o sangue vai embora sem querer. Foi mais para tirar o Sam do caminho e me dar campo livre para pensar sem ser incomodado que eu falei:

— Sam, qual é o endereço daquele prédio lá? Não estique muito a cabeça para a frente e dê uma olhadinha.
— Alguma coisa na avenida Benedict. — Coçou o pescoço, solícito.
— Isso eu sei. Vá dar uma olhada lá na esquina e me dê o número exato do prédio. Pode fazer isso?
— Por que o senhor quer saber? — perguntou, enquanto se virava para sair.
— Não é da sua conta — falei, com uma firmeza que era tudo o que era necessário para me livrar daquele sujeito de uma vez por todas. Chamei-o depois, quando ele já estava fechando a porta: — E quando estiver lá, aproveite e entre na portaria e veja se consegue ver nas caixas de correio quem mora no quarto andar, no apartamento de fundo. E não me traga o nome errado. E tente não deixar ninguém ver você olhando.
Saiu resmungando algo que soou como:
— Quando um sujeito não tem nada para fazer a não ser ficar sentado o dia inteiro, acaba pensando as coisas mais malucas...
A porta se fechou e tratei de me concentrar em alguma reflexão boa e construtiva.
Disse para mim mesmo: Com base em que você está construindo essa suposição monstruosa? Vejamos o que você tem até agora. Apenas existem, aqui e ali, várias coisinhas erradas no mecanismo, na correia de transmissão, dos hábitos cotidianos recorrentes daquelas pessoas. 1. As luzes ficaram acesas a noite inteira, na primeira noite. 2. Ele voltou mais tarde do que o usual, na segunda noite. 3. Ficou de chapéu na cabeça. 4. Ela não foi cumprimentar o marido... ela não apareceu desde a noite anterior àquela em que as luzes ficaram acesas a noite inteira. 5. Ele tomou um drinque depois que terminou de fazer a mala da mulher. Mas tomou três drinques fortes na manhã seguinte, imediatamente depois que o baú foi levado. 6. Ele estava interiormente abalado e cheio de preocupação, mas por cima disso havia uma inquietude exterior estranha, a

respeito das janelas a seu redor. 7. Ele dormiu na sala, não se aproximou do quarto de dormir durante a noite que antecedeu a partida do baú.

Muito bem. Se ela estivesse doente naquela primeira noite, e ele a tivesse mandado embora para tratar da saúde, isso automaticamente cancelava os pontos 1, 2, 3 e 4. Deixava os pontos 5 e 6 sem nenhuma relevância nem nada de incriminador. Mas, em face do ponto 7, o ponto 1 chocava-se contra uma barreira intransponível.

Se ela fora embora logo depois de passar mal naquela primeira noite, por que o marido não ia querer dormir no quarto deles na *segunda noite*? Sentimento? É difícil. Duas camas bastante boas num mesmo quarto, só um sofá ou uma desconfortável poltrona reclinável na sala. Por que ficar ali, se a mulher já tinha ido embora? Só porque sentia falta dela, estava solitário? Um homem adulto não age desse modo. Tudo bem, então a mulher ainda estava no quarto.

Sam voltou nesse meio-tempo e disse:

— Aquele é o prédio número 525 da avenida Benedict. O quarto andar de fundos tem o nome do senhor e da senhora Lars Thorwald.

— Psiu! — eu o silenciei e acenei com as costas da mão para que sumisse da minha vista.

— Primeiro ele quer, depois não quer mais — resmungou em tom filosófico, e retirou-se para os seus afazeres.

Continuei a esmiuçar a questão. Mas se a mulher ainda ficou lá, naquele quarto na noite passada, então ela não pode ter partido para o campo, porque eu não a vi sair hoje em nenhum momento. Ela pode ter saído sem o meu conhecimento nas primeiras horas da manhã de ontem. Perdi algumas horas, peguei no sono. Mas nesta manhã eu estava acordado antes mesmo de o marido acordar, vi sua cabeça se levantar do sofá só depois que eu já estava na janela havia algum tempo.

Para ter partido, ela precisaria ter ido ontem de manhã. Então por que ele deixou a persiana do quarto abaixada, e deixou os colchões intactos até hoje? Acima de tudo, por que ele ficou longe daquele quarto na noite passada? Era um indício de que a mulher não tinha partido, ainda estava lá dentro. Então hoje, imediatamente depois de o baú ser despachado, ele entrou, levantou a persiana, virou os colchões para cima e mostrou que ela não havia estado lá. A coisa parecia uma espiral louca.

Não, também não era isso. *Imediatamente depois que o baú foi despachado...*

O baú.

Era isso.

Olhei em volta para me certificar de que a porta estava bem fechada, entre mim e Sam. Minha mão pairou incerta acima do telefone durante um momento. Boyne, era ele a pessoa a quem eu devia contar o caso. Trabalhava no setor de homicídios. Pelo menos, na última vez que eu estivera com ele, trabalhava. Eu não queria um monte de policiais e detetives no meu pé. Não queria me envolver mais do que precisava. Ou não queria me envolver nem um pouco, se possível.

Transferiram meu telefonema para o departamento correto, depois de algumas tentativas equivocadas, e por fim consegui falar com ele.

— Alô, Boyne? É Hal Jeffries...

— Puxa, por onde você tem andado nos últimos sessenta e dois anos? — ele começou a se entusiasmar.

— A gente pode falar sobre isso mais tarde. O que eu quero que você faça é pegar um nome e um endereço. Está pronto? Lars Thorwald. Avenida Benedict, cinco dois cinco. Quarto andar, apartamento de fundo. Pegou?

— Quarto andar, apartamento de fundo. Peguei. Para que é?

— Investigação. Tenho a firme convicção de que você vai desvendar um assassinato ali, se começar a fuçar. Não me peça mais nada além disso... é só uma convicção. Moram lá o marido e a esposa, ou moravam. Agora está só o homem. O baú com as coisas da mulher foi levado nesta manhã. Se você conseguir localizar alguém que tenha visto a *mulher* sair...

Exposto em voz alta desse modo e transmitido a outra pessoa, a um tenente detetive ainda por cima, aquilo soou frouxo, mesmo para mim. Ele respondeu, hesitante:

— Certo, mas...

Em seguida, aceitou a história do jeito que estava. Porque eu era a fonte. Até deixei minha janela completamente fora do assunto. Eu podia fazer isso com ele e ser atendido porque ele me conhecia fazia muitos anos, não punha em questão a minha confiabilidade. Eu não queria que meu quarto ficasse entupido de detetives e policiais, se revezando em turnos para xeretar pela janela, com aquele tempo quente que estava fazendo. Era melhor que encarassem a questão pela porta da frente.

— Bem, vamos ver no que dá — ele disse. — Manterei você informado.

Desliguei o telefone e recostei-me para vigiar e esperar os acontecimentos. Eu tinha um assento na tribuna de honra. Ou numa tribuna de honra pelo avesso. Eu só podia ver os bastidores, não a frente. Não podia ver Boyne trabalhando. Só podia ver os resultados, quando e se houvesse algum resultado.

Nada aconteceu durante as horas seguintes. O trabalho da polícia, que eu sabia estar sendo feito, transcorria invisível, como deve ser o trabalho da polícia. O vulto nas janelas do quarto andar lá adiante permanecia ao alcance da minha vista, sozinho e tranqüilo. Ele não saiu. Estava inquieto, vagava de um cômodo para o outro sem ficar num lugar durante muito tempo, mas permaneceu em casa. A certa altura, eu o vi comer de novo — dessa vez, sentou-se —, e depois fez a barba, e depois tentou até ler o jornal, mas não ficou com ele na mão por muito tempo.

Pequenas engrenagens invisíveis estavam em movimento em volta dele. Pequenas e inofensivas, por enquanto, preliminares. Se ele soubesse, eu me perguntava, ficaria ali parado daquele jeito, ou tentaria correr e fugir? Isso talvez não dependesse tanto da sua culpa quanto do seu sentimento de imunidade, da sua convicção de que podia enganá-los. Da sua culpa, eu mesmo já estava convencido, do contrário não teria dado o passo que dei.

Às três horas, o telefone tocou. Boyne me dava notícias.

— Jeffries? Bem, não sei. Você não pode nos dar um pouco mais do que uma acusação tão sem base?

— Por quê? — retruquei. — Por que eu preciso fazer isso?

— Mandei um homem até lá fazer uma investigação. Acabei de receber o relatório dele. O síndico do prédio e vários vizinhos afirmam que a mulher partiu para o interior, ontem de manhã bem cedo, para tentar cuidar da saúde.

— Espere um pouco. Algum deles viu a mulher sair, segundo o seu agente apurou?

— Não.

— Então você só tem uma informação de segunda mão de uma afirmação feita por ele. Não tem uma testemunha de fato.

— O marido foi encontrado voltando da estação, depois de comprar a passagem para a mulher e de embarcá-la no trem.

— Ainda é uma afirmação sem comprovação.

— Mandei um agente lá na estação para tentar conferir com o bilheteiro, se possível. Afinal, ele deve ter chamado atenção àquela hora da manhã, tão cedo assim. Enquanto isso ele continua sob a nossa vigilância, é claro, seguimos todos os seus movimentos. Na primeira oportunidade, vamos dar o bote e revistar o apartamento.

Tive a sensação de que não iam achar nada, mesmo se fizessem aquilo.

— Não espere mais nada de mim. Pus o assunto na sua mesa. Já dei todas as informações que eu tinha. Nome, endereço e a minha opinião.

— Sim, e eu sempre tive muito respeito pela sua opinião, até hoje, Jeff...
— Mas neste caso não tem, não é?
— Nada disso. A questão é que não topamos com nada que pareça justificar a sua impressão, até agora.
— Mas vocês também não fizeram muita coisa, até agora.
Ele voltou ao seu clichê anterior:
— Bem, vamos ver no que vai dar. Manterei você informado.

Passou-se uma hora, mais ou menos, veio o pôr-do-sol. Eu o vi começar a se aprontar para sair, lá na janela. Pôs o chapéu, meteu a mão no bolso e ficou parado olhando para a mão durante um minuto. Contando o dinheiro trocado, imaginei. Deu-me uma curiosa sensação de ansiedade reprimida saber que eles iriam entrar um minuto depois da sua saída. Pensei, de maneira soturna, quando o vi dar uma última espiada em volta: Se tem alguma coisa a esconder, irmão, a hora é esta.

Ele saiu. Um intervalo de tirar o fôlego, ocupado por um vazio enganoso, desceu sobre o apartamento. Nem um alarme de incêndio conseguiria desviar os meus olhos daquelas janelas. De repente, a porta pela qual ele tinha acabado de sair se abriu de leve e dois homens se esgueiraram para dentro, um atrás do outro. Lá estavam eles, agora. Fecharam a porta, separaram-se prontamente e entraram em ação. Um foi para o quarto, o outro para a cozinha, e começaram a fazer seu trabalho, vindo das extremidades opostas do apartamento e avançando um na direção do outro. Foram minuciosos. Pude vê-los examinando tudo, de ponta a ponta. Chegaram juntos à sala de estar. Um cuidou de um lado, e o outro do outro.

Já haviam terminado, antes de soar o alarme. Pude adivinhar isso pela maneira como ficaram tensos e fitaram-se mutuamente, cara a cara, com ar frustrado, por um instante. Em seguida a cabeça dos dois se virou bruscamente, como se um toque na campainha da porta tivesse avisado que ele estava voltando. Saíram às pressas.

Não fiquei propriamente desolado, já esperava por isso. Minha sensação, durante todo esse tempo, era de que não iam encontrar nada de incriminador. O baú não estava mais lá.

O homem entrou com um gigantesco saco de papel pardo debaixo do braço. Observei-o atentamente para ver se ele ia descobrir que alguém tinha estado ali na sua ausência. Ao que parecia, não descobriu. Os agentes tinham sido hábeis.

Ele ficou em casa pelo resto da noite. Ficou sentado, rijo, firme. Tomou uns drinques, sem entusiasmo, pude vê-lo sentado junto à janela, sua mão se levantava de vez em quando, mas não demais. Pelo visto, tudo estava sob controle, a tensão havia atenuado, agora que... o baú tinha ido embora.

Enquanto o via através da noite, conjeturei: Por que ele não sai de casa? Se tenho razão a respeito dele, e eu tenho razão, por que ele fica em casa... depois daquilo? A pergunta trouxe a sua própria resposta: Porque ainda não sabe de ninguém que esteja de olho nele. Não vê motivo para ter a menor pressa. Ir embora tão cedo, logo depois da partida da esposa, seria mais perigoso do que continuar em casa por um tempo.

A noite se arrastava. Fiquei à espera do telefonema de Boyne. Veio mais tarde do que pensei que viria. Apanhei o fone no escuro. O homem estava se preparando para dormir, agora, lá no apartamento. Levantou-se de onde estava sentado, bebendo, na cozinha, e apagou a luz. Foi para a sala, acendeu a luz. Começou a tirar a camisa de dentro da calça. A voz de Boyne entrou no meu ouvido enquanto os meus olhos estavam fixos nele, lá na janela. As três pontas de um triângulo.

— Alô, Jeff. Escute, não há absolutamente nada. Vasculhamos o apartamento enquanto ele havia saído...

Quase falei "eu sei que fizeram isso", mas me contive a tempo.

— ... e não achamos nada. Mas... — Ele parou, como

se fosse dizer algo importante. Esperei com impaciência que fosse em frente. — No térreo, na caixa de correio, achamos um cartão-postal à espera dele. Fisgamos o cartão com uma pinça...

— E aí?

— Era da esposa, escrito ontem mesmo, de algum hotel-fazenda no interior. Aqui está a mensagem que copiamos: "Cheguei bem. Já me sinto um pouco melhor. Amor, Anna".

Falei, com voz fraca, mas obstinada:

— Escrito ontem mesmo, você disse. Tem alguma prova disso? Qual é a data do carimbo do correio?

Ele emitiu um som de aborrecimento no fundo das amígdalas. Aborrecimento comigo, não com o caso.

— O carimbo está borrado. Um canto ficou molhado e a tinta manchou.

— Está todo borrado?

— O ano e o dia — admitiu ele. — A hora e o mês estão intactos. Agosto. Sete e meia da noite, foi quando foi postado.

Dessa vez fui eu quem emitiu um som de aborrecimento na laringe.

— Agosto, sete e meia, de 1937, 1939 ou 1942? Você não tem nenhuma prova de como o cartão foi parar na caixa de correio, se veio da bolsa do carteiro ou dos fundos da gaveta de uma escrivaninha!

— Desista, Jeff — disse ele. — Às vezes a gente leva as coisas longe demais.

Não sei o que eu teria dito. Quero dizer, se eu não tivesse os olhos fixos na janela da sala do apartamento de Thorwald naquele instante. Na certa, muito pouco. O cartão-postal havia me abalado, admitisse eu ou não. Mas eu estava olhando para lá. A luz já tinha sido apagada logo depois que ele tirou a camisa. Mas a luz do quarto não se acendeu. O clarão de um fósforo faiscou na sala, baixo, como se viesse de uma poltrona reclinável ou de um sofá. Com duas camas desocupadas, ele continuava fora do quarto.

— Boyne — falei, com uma voz ímpassível. — Não me interessa que cartões-postais do fim do mundo você foi achar: afirmo que esse homem deu cabo da esposa! Rastreie aquele baú que ele despachou. Abra, quando o localizar, e aposto que vai encontrar a mulher!

E desliguei sem esperar para ouvir o que ele tinha a dizer sobre o assunto. Não telefonou de volta, portanto desconfiei que ia dar um crédito à minha sugestão, no final, apesar do seu ceticismo, declarado em alto e bom som.

Fiquei ali perto da janela a noite inteira, numa espécie de vigília fúnebre. Houve mais dois fósforos riscados depois do primeiro, em intervalos de meia hora, mais ou menos. E nada mais depois disso. Assim, provavelmente ele adormeceu ali. Talvez não. Eu também tinha de dormir um pouco e por fim sucumbi sob a luz flamejante do nascer do sol. O que quer que ele fosse fazer, faria sob a proteção da escuridão e não esperaria a luz clara do dia. Não haveria grande coisa para ver agora, por um tempo. E, afinal, o que mais ele precisava fazer? Nada, só ficar bem quieto e deixar que transcorresse um pouco de tempo apaziguador.

Pareceu que haviam se passado cinco minutos quando Sam entrou e tocou em mim, mas já era meio-dia. Falei, irritado:

— Você não viu o bilhete que preguei ali dizendo para você não me acordar?

Ele respondeu:

— Vi, mas é o seu velho amigo, o inspetor Boyne. Achei que o senhor ia querer...

Dessa vez era uma visita pessoal. Boyne entrou no quarto atrás de Sam, sem esperar ser chamado, e sem muita cordialidade.

Falei, para me livrar de Sam:

— Vá lá dentro e prepare uns ovos mexidos.

Boyne começou, com uma voz de ferro galvanizado:

— Jeff, que história é essa, como foi fazer um negócio desses comigo? Banquei o bobo por sua causa. Mandar meus agentes para lá e para cá atrás de fantasmas. Graças a Deus eu não me meti nessa história tão a fundo assim e não chamei o tal cara para ser interrogado.

— Ah, então não acha que isso é necessário? — perguntei, em tom seco.

O olhar que ele me dirigiu já esclareceu o assunto.

— Não trabalho sozinho no departamento, você sabe. Tenho superiores, a quem devo prestar contas de minhas ações. Parece ótimo, não é, mandar um de meus agentes viajar num trem durante metade de um dia até uma roça no fim do mundo, até uma estaçãozinha que Deus esqueceu, tudo à custa do departamento...

— Então você localizou o baú?

— Rastreamos com a ajuda da empresa de transportes — disse, empedernido.

— E abriram?

— Fizemos mais do que isso. Entramos em contato com diversos hotéis-fazenda nas imediações, e a senhora Thorwald veio até a parada de trem num caminhão de um dos hotéis-fazenda e abriu ela mesma o baú, com a sua própria chave!

Muito poucos homens recebem de um velho amigo um olhar como eu recebi dele. Na porta, Boyne disse, empertigado como um cano de fuzil:

— Vamos esquecer essa história toda, está bem? É a coisa mais correta que nós dois podemos fazer um com o outro. Você não anda lá muito bem, e eu também estou meio sem dinheiro, sem tempo e sem paciência. Vamos esquecer essa história e pronto. Se quiser me telefonar no futuro, terei prazer em lhe dar o número do telefone da minha casa.

A porta fechou com um zunido, após a sua saída.

Durante dez minutos depois de ele ter saído cheio de fúria, minha mente entorpecida ficou numa espécie de camisa-de-força. Em seguida, ela começou a se debater para libertar-se. Que a polícia vá para o diabo. Talvez eu não possa provar nada para eles, mas posso provar para mim mesmo, de um jeito ou de outro e de uma vez por todas. Ou estou errado ou estou certo. O sujeito montou uma blindagem contra a polícia. Mas a parte de trás da sua casa está nua e desprotegida para mim.

Chamei Sam:

— O que aconteceu com aquele binóculo que a gente tinha por aqui, na época em que demos passeios naquela lancha por uma temporada?

Sam achou o binóculo em algum canto no andar de baixo e trouxe para mim, soprando e esfregando o aparelho com a manga. Primeiro, eu o deixei sobre as pernas. Peguei um pedaço de papel, um lápis e escrevi seis palavras: *O que você fez com ela?*

Fechei num envelope e deixei o envelope em branco. Disse a Sam:

— Olhe, quero que faça uma coisa, e quero que seja muito discreto. Pegue isto aqui, vá ao prédio número 525, suba a escada até o quarto andar e ponha debaixo da porta do apartamento de fundo. Você é rápido, pelo menos era. Vejamos se é rápido o bastante para evitar que vejam você. Depois, quando tiver descido de novo, dê um toque de leve na campainha, só para chamar a atenção.

Sua boca começou a se abrir.

— E não me faça nenhuma pergunta, entendeu? Não estou de brincadeira.

Ele saiu, e eu preparei o binóculo.

Captei-o no foco adequado depois de um ou dois minutos. Levantou o rosto, e pela primeira vez eu o vi de fato. Cabelo escuro, mas sem dúvida de ascendência escandinava. Parecia um sujeito musculoso, embora não fosse muito corpulento.

Passaram-se uns cinco minutos. Sua cabeça se virou bruscamente, de perfil. Foi o toque na campainha, sem dúvida. O bilhete já devia estar lá.

Virou a parte de trás da cabeça para mim quando se voltou para a porta do apartamento. As lentes puderam segui-lo até o fundo, onde antes meus olhos nus não haviam conseguido alcançar.

Abriu a porta primeiro, não viu o bilhete, olhou para o lado de fora, ao nível dos olhos. Fechou a porta. Depois abaixou-se, levantou-se. Pegou. Pude vê-lo virando o envelope para um lado e para o outro.

Moveu-se, afastando-se da porta, para mais perto da janela. Achava que o perigo estava nas proximidades da porta. E a segurança, longe dela. Não sabia que era o contrário, que quanto mais ia para dentro, maior o perigo.

Rasgou o envelope, leu o bilhete. Deus, como observei a sua expressão. Meus olhos ficaram colados nele como sanguessugas. Houve uma repentina dilatação, um repuxar forte — toda a pele do seu rosto pareceu se esticar para trás das orelhas, estreitando os olhos em feições mongólicas. Choque. Pânico. A mão se esticou para a frente à procura da parede, e ele se escorou nela. Em seguida, voltou para a porta lentamente. Pude vê-lo mover-se furtivamente, espreitar a porta como se ela fosse uma coisa viva. Abriu-a tão de leve que mal dava para perceber, espiou receoso pela fresta. Depois fechou-a e voltou em ziguezague, sem equilíbrio, abalado, por mero reflexo. Desabou numa cadeira e tomou uma bebida. Dessa vez, direto no gargalo. E, na hora em que estava segurando a garrafa nos lábios, sua cabeça se virou sobre o ombro na direção da porta, que, de repente, havia atirado em seu rosto o seu segredo.

Baixei o binóculo.

Culpado! Mais culpado é impossível, e a polícia que vá para o inferno!

Minha mão se moveu na direção do telefone, recuou de novo. De que adiantava? Não iam agora me dar mais atenção do que antes. "Você tinha de ver a cara dele" etc. Eu até podia ouvir a resposta de Boyne: "Todo mundo leva um choque quando recebe uma carta anônima, verdadeira ou falsa. Você faria o mesmo". E eles tinham uma sra. Thorwald viva para me mostrar — ou pensavam que tinham. Eu tinha de lhes mostrar a mulher morta para provar que as duas não eram a mesma pessoa. Eu, da minha janela, tinha de lhes mostrar um cadáver.

Bem, ele teria de me mostrar primeiro.

Levei horas para entender. Fiquei quebrando a cabeça, matutando sem parar, enquanto a tarde ia embora. Nesse meio-tempo, Thorwald ficou andando para um lado e para o outro como uma pantera enjaulada. Duas mentes com uma única idéia, mas virada pelo avesso, no meu caso. Como manter aquilo escondido, como evitar que ficasse escondido.

Eu tinha medo de que o homem se mandasse de casa, mas se ele planejava fazer isso ia esperar a noite, ao que parecia, portanto ainda me restava um pouco de tempo. Talvez ele mesmo não quisesse ir embora, a menos que fosse obrigado... ainda sentia que era mais perigoso fugir do que continuar em casa.

As imagens e os sons habituais à minha volta passaram despercebidos, enquanto o curso principal dos meus pensamentos batia como uma enxurrada de encontro a um obstáculo que, obstinadamente, barrava a sua passagem: como induzir o homem a me revelar a localização, de modo que eu, em troca, pudesse revelá-la para a polícia.

Lembro que tive a vaga percepção de que o senhorio ou outra pessoa havia trazido um candidato a inquilino para conhecer o apartamento do sexto andar, aquele que já estava reformado. Ficava dois andares acima do apartamento de Thorwald; o apartamento entre os dois ainda estava em obras. A certa altura, veio à tona um estranho lampejo de sincronização, totalmente acidental, é claro. Calhara de o senhorio e o inquilino estarem perto das janelas da sala do apartamento do sexto andar no mesmo instante em que Thorwald estava perto dessa mesma janela no quarto andar. As duas partes haviam avançado simultaneamente para a cozinha e, após passar pelo ponto cego da parede, surgiram perto da janela da cozinha. Fora muito estranho, pareciam um mecanismo de precisão, ou marionetes movidas pelos mesmos cordões. Na certa, não voltaria a acontecer exatamente assim nos próximos cinqüenta anos. Logo depois, os elementos divergiram, nunca mais se repetiram daquele jeito.

35

A questão era que alguma coisa ali me deixou transtornado. Houvera alguma falha, alguma fissura que tinha perturbado a fluidez dos movimentos. Tentei, por um ou dois minutos, imaginar o que poderia ser, e não consegui. O senhorio e o inquilino tinham ido embora, agora só Thorwald estava ao alcance da minha vista. Minha memória sozinha não era capaz de recuperar o que tinha acontecido. Minha visão poderia descobrir, se tudo se repetisse, mas não se repetiu.

A impressão afundou no meu subconsciente, para ali fermentar, como levedo, enquanto eu voltava a tratar do problema principal.

Finalmente, entendi. Já estava escuro havia um bom tempo, mas por fim encontrei um caminho. Talvez não desse certo, era confuso e tortuoso, mas foi o único jeito que consegui imaginar. Um alarmado movimento da cabeça, um passo rápido e cauteloso numa certa direção, era tudo o que eu precisava. E para executar esse ardil breve, momentâneo e fugaz eu precisava de dois telefonemas, e que o homem ficasse ausente durante meia hora entre as duas ligações.

Peguei o catálogo telefônico à luz de um fósforo, até achar o que procurava: THORWALD, LARS, 525, BNDCT... S WANSEA 5-2114.

Soprei o fósforo, peguei o fone no escuro. Era como ver televisão. Eu podia ver o destinatário do meu telefonema, só que não através do fio e sim por um canal de imagem direta, de janela para janela.

Ele disse "alô" com voz áspera.

Pensei: Que esquisito. Há três dias que eu não paro de acusar esse homem de assassinato e só agora estou ouvindo a sua voz, pela primeira vez.

Não tentei disfarçar a voz. Afinal, ele nunca ia me encontrar e eu nunca ia encontrá-lo tampouco. Falei:

— Recebeu meu bilhete?

Respondeu, em tom defensivo:

— Quem está falando?

— Alguém que por acaso sabe.
— Sabe o quê? — retrucou com astúcia.
— Sabe o que você sabe. Você e eu somos os únicos. Ele se controlou bem. Não ouvi nenhum som. Mas ele não sabia que estava exposto também de uma outra forma. Eu mantinha o binóculo equilibrado na altura apropriada, sobre dois livros grossos, no peitoril. Através da janela, vi o homem puxar e abrir o colarinho da camisa, como se o seu aperto fosse intolerável. Em seguida pôs as costas das mãos em cima dos olhos, como fazemos quando uma luz nos ofusca.

Sua voz voltou, em tom firme:
— Não sei do que você está falando.
— Negócios, é disso que estou falando. Isso tem de valer alguma coisa, não acha? Não deixar que a informação se espalhe. — Eu queria evitar que ele percebesse que a questão eram as janelas. Eu ainda precisava das janelas, e precisava mais do que nunca. — Você não foi muito cuidadoso com a porta, na noite passada. Ou quem sabe um pé-de-vento tenha aberto um pouco a porta.

Isso o atingiu em cheio. O arquejo no fundo do estômago me chegou pelo telefone.
— Você não viu nada, não havia nada para ver.
— Isso é da sua conta. Mas por que eu iria procurar a polícia? — Tossi um pouco. — Se eu posso ganhar mais não avisando ninguém.
— Ah — disse ele. E houve uma espécie de alívio. — Quer... encontrar comigo? É isso?
— Era a melhor maneira, não acha? Quanto dinheiro pode trazer, por enquanto?
— Só tenho setenta dólares comigo.
— Tudo bem, a gente pode combinar o resto para depois. Sabe onde fica o Lakeside Park? Estou perto de lá agora. A gente podia se encontrar lá. — Isso o deixaria uns trinta minutos fora de casa. Quinze minutos para ir, quinze para voltar. — Tem um coreto na entrada do parque.
— Quantos vocês são? — perguntou com cautela.

— Só eu. É mais vantajoso manter as coisas em segredo. A gente não precisa dividir.

Ele pareceu gostar disso também.

— Vou dar um pulo lá — ele disse — só para ver que história é essa.

Então eu o vi mais de perto do que nunca, depois que desligou o telefone. Disparou direto para o quarto de dormir, aonde nunca mais tinha ido. Sumiu atrás de um guarda-roupa, ficou ali um minuto, saiu outra vez. Deve ter tirado alguma coisa de uma fenda ou de um nicho oculto lá dentro, algo que nem os detetives tinham percebido. Pude perceber o que era pelos movimentos da sua mão quando a enfiou no casaco. Uma arma.

Ainda bem que não estou lá, no Lakeside Park, esperando os meus setenta dólares, pensei.

O apartamento escureceu, e ele se foi.

Chamei Sam.

— Quero que faça uma coisa para mim, uma coisa um pouquinho arriscada. Na verdade, muito arriscada. Pode quebrar a perna, ou pode levar um tiro, ou pode até ser preso. Estamos juntos há dez anos, e eu não pediria uma coisa dessas para você se eu mesmo pudesse fazer. Mas não posso, e é preciso fazer isso. — Então eu lhe expliquei. — Saia daqui pelos fundos, atravesse a cerca do pátio de trás e veja se consegue entrar naquele apartamento do quarto andar pela saída de incêndio. Ele deixou uma das janelas um pouco aberta.

— O que quer que eu procure?

— Nada. — A polícia já tinha entrado lá, portanto, de que adiantava? — O apartamento tem três cômodos. Quero que você bagunce um pouco as coisas, nos três, para mostrar que alguém esteve lá. Vire as pontas de todos os tapetes, mude todas as cadeiras de lugar e empurre um pouco a mesa, deixe as portas do armário abertas. Não deixe nada sem mexer. Tome, fique de olho nisto. — Tirei o relógio de pulso e o prendi no pulso dele. — Você tem vinte e cinco minutos, a partir de agora. Se ficar den-

tro desses vinte e cinco minutos, nada vai acontecer com você. Quando vir que o tempo acabou, não espere mais, saia logo e venha embora bem depressa.
— Desço pelo mesmo caminho?
— Não. — Em seu nervosismo, o homem não ia lembrar se tinha deixado as janelas abertas ou não. E eu não queria que ele associasse qualquer perigo às janelas do seu apartamento, e sim à parte da frente. Eu queria manter a minha janela fora daquela história. — Tranque bem a janela, saia pela porta e caia fora pela frente do prédio, é a sua vida que está em jogo!
— Para o senhor, eu não passo de um otário — falou, arrependido, mas foi.
Saiu pela porta do porão do nosso prédio, embaixo de onde eu estava, e escalou a cerca. Se alguém o repreendesse de uma das janelas em redor, eu lhe daria apoio, explicaria que eu o mandara ali procurar uma coisa para mim. Mas ninguém fez isso. Para uma pessoa da sua idade, ele se saiu muito bem. Já não é tão jovem. Mesmo a escadinha da saída de incêndio atrás do apartamento, que estava içada um pouco para o alto, ele conseguiu alcançar, subindo em alguma coisa. Entrou, acendeu a luz, olhou para mim. Acenei para que fosse em frente, não fraquejasse.
Observei-o em ação. Não havia nenhum modo de eu protegê-lo, agora que ele estava lá dentro. Thorwald estaria em seu direito se lhe desse um tiro — era arrombamento e invasão de domicílio. Eu tinha de ficar nos bastidores, como tinha ficado o tempo todo. Não poderia servir de sentinela e lhe dar cobertura. Até os detetives agiam sob a proteção de uma sentinela.
Ele devia estar nervoso enquanto agia. Eu estava duas vezes mais nervoso, observando seus movimentos. Os vinte e cinco minutos levaram cinqüenta para passar. Por fim, ele veio até a janela, fechou-a com o trinco. As luzes se apagaram e ele saiu. Sam conseguira. Soltei uma expiração que veio do fundo do estômago, um ar de vinte e cinco minutos de idade.

Ouvi o barulho da chave na porta da rua e, quando Sam subiu até o meu apartamento, falei em tom de advertência:

— Deixe a luz apagada aqui dentro. Vá e prepare para você uma boa dose dupla de uísque; você está branco como eu nunca vi.

Thorwald voltou vinte e nove minutos depois de ter saído para o Lakeside Park. Uma margem muito estreita para a vida de um homem se manter segura. Portanto, agora só faltava o encerramento de toda aquela armação, e o negócio era torcer para dar certo. Dei o meu segundo telefonema antes que ele tivesse tempo de notar se havia alguma coisa faltando em casa. Era um momento perigoso, mas eu estava com o fone na mão, já pronto, tinha discado o número vezes seguidas, para logo desligar. Ele entrou em casa quando, dessa vez, eu estava no número 2 de 5-2114 e assim economizei o tempo de discar de novo. A campainha começou a tocar antes que a mão dele se afastasse do interruptor da luz.

Vamos ver quem tem a última palavra.

— Era para você trazer dinheiro, não uma arma; por isso não apareci. — Vi o choque que o sacudiu. A janela tinha de continuar fora de cena. — Vi você apalpar o bolso do paletó, onde pôs a arma, quando vinha pela rua.

Talvez não tivesse feito isso, mas a essa altura ele não ia lembrar se tinha feito ou não. Em geral as pessoas agem assim quando carregam uma arma no bolso e não estão habituadas a isso.

— É uma pena você ter feito essa viagem toda à toa. Mas eu não desperdicei o meu tempo enquanto você esteve fora. Agora sei mais do que sabia antes. — Essa era a parte importante. Estava com o binóculo apontado e parecia que o mantinha sob um facho de luz fluorescente. — Descobri onde... está. Sabe do que estou falando. Agora eu sei onde você enfiou. Eu estava aí, enquanto você ficou fora.

Nem uma palavra. Só uma respiração acelerada.

— Não acredita? Olhe em volta. Largue o telefone e dê uma olhada. Eu achei.

Ele baixou o telefone, foi até a entrada da sala e apagou as luzes. Olhou apenas uma vez à sua volta, num olhar panorâmico e abrangente, que não se deteve em nenhum ponto específico, nenhum centro.

Ele sorria de modo sinistro quando voltou para o telefone. Tudo o que disse, mansamente e com uma satisfação malévola, foi:

— Você é um mentiroso.

Em seguida, eu o vi baixar o fone no gancho e afastar a mão. Desliguei o telefone.

O teste tinha dado errado. Mesmo assim, tinha dado certo. Ele não me revelara a localização correta, como eu esperava. Mesmo assim, aquele "você é um mentiroso" fora uma confissão tácita de que estava ali e podia ser encontrado, em algum lugar perto dele, algum ponto daquela casa. Num lugar tão bem pensado que ele nem precisava se preocupar muito com aquilo, nem precisava olhar para conferir.

Portanto havia na minha derrota uma espécie de vitória estéril. Mas para mim isso não valia nada.

Ele ficou lá parado, de costas para mim, e eu não podia ver o que estava fazendo. Eu sabia que o telefone estava em algum lugar na frente dele, mas achei que o homem estava apenas ali parado e pensativo, perto do aparelho. Sua cabeça estava um pouco abaixada, e isso era tudo. Eu desligara o telefone. Nem vi o seu cotovelo se mexer. E, se o seu dedo indicador se mexeu, tampouco pude ver.

Ficou assim parado por um momento e depois, enfim, foi para o lado. As luzes se apagaram lá; eu o perdi de vista. Ele tomou o cuidado de nem riscar fósforos, como fizera de outras vezes, no escuro.

Como a minha mente já não tinha a preocupação de ter de olhar para ele, voltei minha atenção para a tentativa de entender outra coisa — aquela pequena e perturbadora falha na sincronização que havia ocorrido naquela tarde, quando o corretor de imóveis e o homem do apartamento deslocaram-se ambos simultaneamente de uma janela para a janela seguinte. O máximo que consegui alcançar foi isto: aconteceu o que ocorre quando a gente está olhando para alguém através de um espelho defeituoso e uma falha no espelho distorce por um segundo a simetria da imagem refletida, até que ela deixa aquele ponto para trás. Contudo isso também não servia, não era isso. As janelas estavam abertas e não havia nenhum espelho. E na hora eu não estava usando as lentes do binóculo.

Meu telefone tocou. Boyne, supus. Naquela hora, não podia ser mais ninguém. Talvez, pensando na maneira como ele ficou aborrecido comigo, falei "alô" sem nenhum cuidado, com a minha voz normal.

Não houve resposta. Falei:

— Alô? Alô? Alô?

Continuei a fornecer amostras da minha voz.

Não houve o menor ruído, do início ao fim.

Desliguei o telefone, afinal. Ainda estava escuro no apartamento dele, percebi.

Sam veio ver se eu precisava de alguma coisa. Estava com a voz um pouco enrolada por causa da sua bebida reparadora. Falou algo como "tudo bem se eu for embora agora?". Mal ouvi sua voz. Estava tentando imaginar um outro modo de apanhar o homem num ardil que me revelasse o seu esconderijo. Dei o meu consentimento sem pensar.

Sam saiu um pouco desequilibrado, desceu pela escada até o térreo e, depois de um intervalo, ouvi a porta da rua fechar. Pobre Sam, não estava habituado a beber.

Fiquei sozinho em casa, uma cadeira era o limite da minha liberdade de movimento.

De súbito uma luz se acendeu no apartamento dele outra vez, só por um momento, e se apagou logo depois. Ele deve ter precisado da luz para alguma coisa, para localizar alguma coisa que já estava procurando e achou que não ia conseguir pôr as mãos nela sem a luz. Quase imediatamente, achou o que queria, fosse lá o que fosse, e logo voltou para apagar a luz outra vez. Quando voltou para fazer isso, eu o vi dar uma olhada para a janela. Não veio para perto da janela para olhar, apenas voltou os olhos de passagem.

Algo naquele gesto me chamou a atenção como uma coisa diferente de todos os outros olhares que ele tinha dado para a janela, desde quando começara a observá-lo. Se for possível classificar um gesto tão furtivo como é um olhar de relance, eu o chamaria de um relance com um alvo. Certamente, podia ser tudo menos um olhar a esmo ou ao acaso, havia nele uma centelha de fixidez. Também não foi um daqueles olhares panorâmicos que eu o vira dar de outras vezes. Não partiu de uma ponta e percorreu todo o caminho até chegar ao meu lado, o direito. Foi dirigido em cheio para a minha janela, por apenas uma fração de segundo enquanto durou, e depois se desfez. E as luzes se apagaram, e ele se foi.

Às vezes nossas sensações assimilam as coisas sem que a mente as traduza no seu significado preciso. Meus olhos viram aquele olhar. Minha mente se recusou a refiná-lo de maneira adequada. Não tem importância, pensei, um tiro na mosca por acaso, simplesmente calhou de o olhar estar apontado direto para cá, na hora em que ele caminhava para apagar as luzes quando saía.

Ação retardada. Uma ligação muda no telefone. Para testar uma voz? Seguiu-se um período de escuridão atenuada, durante o qual os dois podiam ter jogado o mesmo jogo — espreitar a janela um do outro, sem serem vistos. Um piscar de luzes no último instante, uma estratégia ruim, mas inevitável. Um olhar na hora da partida, radiativo de intenções maldosas. Tudo isso afundou dentro de mim, sem se fundir. Meus olhos fizeram a sua parte, a minha mente é que não queria fazer a dela — ou pelo menos estava demorando a fazer.

Passaram-se segundos, em lotes de sessenta. Estava tudo muito parado na área interna familiar formada pelos fundos dos prédios. Uma espécie de imobilidade sem fôlego. E então um barulho irrompeu, veio do nada, de parte alguma. O inequívoco ruído de um grilo que canta a intervalos regulares, no meio do silêncio da noite. Pensei na superstição de Sam sobre aquele som, que ele dizia jamais ter falhado até então. Se era mesmo o caso, as coisas não deviam andar bem para alguém num daqueles prédios adormecidos ali em volta...

Sam tinha saído fazia apenas dez minutos. E agora ele estava de volta, devia ter esquecido alguma coisa. A culpa era da bebida. Talvez o chapéu, ou talvez até a chave da sua casa, no outro lado da cidade. Ele sabia que eu não podia descer para abrir a porta do prédio e estava tentando não fazer barulho, achando que talvez eu tivesse pegado no sono. Tudo o que pude ouvir foi aquele débil estalido na porta da frente, lá embaixo. Era um daqueles prédios de estilo antigo, com alpendre, com um par de portas de vaivém externas que ficavam destrancadas durante a noite, depois vinha um pequeno vestíbulo, e depois a porta de entrada, que se abria com uma chave de metal comum. A bebida tinha deixado a mão de Sam meio hesitante, embora ele já tivesse tido aquela mesma dificuldade uma ou duas vezes antes, sem a bebida. Um fósforo o teria ajudado a encontrar mais depressa o buraco da chave, mas Sam não fumava. Eu sabia que ele não devia ter fósforos no bolso.

Então o som parou. Ele deve ter desistido, ido embora de novo, resolvera deixar para lá e voltar no dia seguinte. Sam não entrou, porque eu conheço o seu jeito barulhento de deixar as portas baterem sozinhas depois que ele passa, e não houve dessa vez nenhum barulho desse tipo, aquela batida de porta solta que ele sempre deixava soar.

Então, de repente, explodiu. Por que naquele momento específico, eu não sei. Foi algum mistério dos mecanismos internos da minha mente. Detonou como um punhado de pólvora que alguma fagulha, por fim, faz explodir, depois de um longo tempo de espera. Afastei todos os pensamentos de Sam e do portão da frente, retirei tudo isso completamente da cabeça. Estava lá à espera desde o meio da tarde daquele dia e só agora... Mais um caso da tal ação retardada. Maldita ação retardada.

O corretor de imóveis e Thorwald haviam ambos partido da janela da sala. O intervalo provocado por uma parede que bloqueou minha visão, e logo depois ambos ressurgiram na janela da cozinha, ainda um acima do outro. Mas bem ali uma espécie de falha ou fissura ou salto tinha acontecido e me perturbou. O olho é um observador confiável. Não tinha nada a ver com o tempo dos fatos, e sim com o paralelismo, ou seja lá qual for a palavra. A fissura tinha sido vertical, não horizontal. Tinha havido um "salto" para cima.

Agora eu tinha captado, agora eu havia entendido. E não podia esperar. Era bom demais. Eles queriam um cadáver? Agora eu tinha um cadáver para eles.

Zangado ou não, Boyne *teria* de me ouvir agora. Não perdi tempo, disquei o número da sua delegacia ali mesmo, no escuro, acertando de memória os furos do disco, com o telefone sobre o colo. O disco não fez muito barulho ao rodar cada número, só um pequeno estalido. Menos audível até do que o grilo lá fora...

— Ele foi para casa faz muito tempo — disse o sargento de plantão.

Eu não podia esperar.

— Tudo bem, me dê o telefone da casa dele.

Ele demorou um minuto, voltou.

— Trafalgar — disse. Depois, mais nada.

— E então? Trafalgar o que mais? — Nenhum som.

— Alô? Alô? — Bati no gancho. — Telefonista, minha ligação caiu. Me dê uma linha de novo. — Não consegui falar com a telefonista tampouco.

A ligação não tinha caído. O meu fio fora cortado. Fora repentino demais, bem no meio de... E, para cortar o fio daquele jeito, era preciso que alguém tivesse agido ali mesmo, dentro do prédio, perto de mim. Do lado de fora, o fio passava pelo subsolo.

Ação retardada. Dessa última vez, fatal, e tarde demais. Uma chamada interrompida no telefone. Um olhar com uma direção precisa, na janela em frente. "Sam" parecendo querer voltar, pouco antes.

De repente a morte estava em algum ponto dentro de casa, ali, comigo. E eu não podia me mover, não podia me levantar daquela cadeira. Mesmo que eu tivesse conseguido falar com Boyne, agora já seria tarde demais. Não havia mais tempo bastante para um daqueles desfechos de cinema, com um salvamento na última hora. Eu podia gritar pela janela para aquela galeria de janelas de vizinhos adormecidos à minha volta, imaginei. Isso os atrairia até a janela. Mas não os faria chegar lá a tempo. Na hora em que entendessem de que prédio em particular provinham os gritos, eles já teriam cessado, estaria tudo acabado. Não abri a boca. Não porque eu fosse corajoso, mas porque era obviamente inútil.

Ele ia chegar num instante. Devia estar na escada agora, embora eu não pudesse ouvi-lo. Nenhum rangido. Qualquer ruído já seria um alívio, teria me dado a sua posição. Daquele jeito, era como ficar aprisionado no escuro, com o silêncio de uma serpente que desliza, avança em ziguezague, em algum ponto em redor.

Não havia arma no meu apartamento. Havia livros na parede, no escuro, ao alcance da mão. Eu, que nunca lia. Livros do ex-morador. Havia um busto de Rousseau ou de Montesquieu, nunca fui capaz de saber qual dos dois sujeitos estava ali, com a sua cabeleira ondulante. Era uma monstruosidade, gesso amarelado, mas também datava do morador anterior a mim.

Estiquei o tronco para cima, apoiado na cadeira, e em desespero quis agarrar o busto. Por duas vezes, as pontas dos meus dedos escorregaram, na terceira tentativa fiz o busto balançar para um lado e para o outro, e na quarta consegui fazê-lo cair no meu colo, o que me empurrou para baixo, sobre a cadeira. Por baixo de mim, havia uma manta de viagem. Eu não precisava me cobrir com o tempo que fazia, eu a usava para deixar o assento mais macio. Puxei a manta e me envolvi com ela, como as vestes de um guerreiro indígena. Depois me contorci até ficar bem abaixado na cadeira, deixei a cabeça e um ombro bambolear por cima do braço da cadeira, no lado que estava perto da parede. Ergui o busto de gesso na direção do outro ombro, equilibrei-o ali de modo precário como se fosse uma segunda cabeça, com a manta em volta das orelhas. Visto de trás, no escuro, ia parecer... tomara...

Continuei a respirar com um som rouco, como alguém profundamente adormecido. Não era difícil. Minha respiração a essa altura já estava quase daquele jeito mesmo, por causa da tensão.

Ele era bom com fechaduras e maçanetas. Nem ouvi a porta abrir, e aquela porta, ao contrário da porta de entrada no térreo, estava logo atrás de mim. Um pequeno redemoinho de ar bafejou no escuro, na minha direção. Pude sentir, porque minha cabeça, a verdadeira, estava toda molhada nas raízes do cabelo naquele instante.

Se fosse com uma facada ou com uma porretada na cabeça, o artifício podia me dar uma segunda chance, era o máximo com que eu podia contar, eu sabia disso. Meus braços e ombros são fortes. Eu o seguraria num abraço de urso, depois do primeiro golpe, e quebraria o seu pescoço ou a sua clavícula contra mim. Se Thorwald usasse uma arma de fogo, no fim acabaria por me matar. Uma diferença de poucos segundos. Ele tinha uma arma, eu sabia disso, que pretendera usá-la contra mim ao ar livre, no Lakeside Park. Eu esperava que ali, no meu apartamento, a fim de tornar sua fuga mais viável...

O tempo chegara ao fim.

O clarão do tiro iluminou o quarto por um segundo, estava muito escuro. Ou pelo menos iluminou os cantos do quarto, como um relâmpago fraco, bruxuleante. O busto balançou sobre o meu ombro e desintegrou-se em migalhas.

Tive a impressão de que por um minuto o homem ficou pulando sobre o chão, com uma raiva frustrada. Então, quando vi Thorwald correr e passar por mim e debruçar-se para fora sobre o parapeito da janela, a fim de procurar um caminho de fuga, o som deslocou-se para os fundos do prédio e para baixo, tornou-se uma sucessão de baques, um tropel de passos na porta da rua. O final cinematográfico, enfim. Mas ele ainda tinha tempo para me matar cinco vezes.

Afundei o corpo na brecha estreita entre o braço da cadeira e a parede, mas minhas pernas ainda estavam levantadas, e também a cabeça e o outro ombro.

Ele girou o corpo, atirou em mim tão de perto que foi como olhar de frente para o nascer do sol. Não senti, portanto... não tinha acertado.

— Seu... — eu o ouvi grunhir para si mesmo. Acho que foi a última coisa que ele disse. O resto da sua vida foi apenas ação, nada de verbal.

Saltou por cima do parapeito, apoiado num braço, e caiu no pátio. Um salto da altura de dois andares. Deu certo porque se desviou do cimento, aterrissou numa faixa de grama, que ficava no meio. Levantei-me apoiado no braço da cadeira e curvei-me com força para a frente, na direção da janela, quase bati com o queixo no parapeito.

Ele conseguiu. Quando a vida está em jogo, a gente consegue. Venceu a primeira cerca, rolou o corpo por cima, com a barriga para baixo. Ultrapassou a segunda cerca como um gato, mãos e pés em ação juntos, num salto. Em seguida estava de volta aos fundos do seu prédio. Subiu em alguma coisa, como Sam tinha feito... No resto do caminho, usou apenas os pés, com torções curtas e rápidas, a cada patamar da escada de incêndio. Sam tinha trancado as janelas do apartamento do homem ao sair de lá, mas Thorwald já havia reaberto uma delas para ventilar a casa, quando voltou. Toda a sua vida dependia agora daquele pequeno gesto banal, impensado...

Segundo, terceiro. Estava diante das janelas do seu apartamento. Tinha conseguido. Algo deu errado. Ele deu uma guinada com o corpo, ficou de costas para as janelas, em mais uma torção de parafuso, disparou rumo ao quinto andar, logo acima. Algo cintilou na escuridão de uma das janelas do seu apartamento, por onde ele tinha acabado de passar, e um tiro ressoou pesadamente em volta da área interna quadrangular, como um grande tambor.

Ele passou pelo quinto, pelo sexto, foi para o terraço. Conseguiu mais uma vez. Puxa, como ele amava a vida! As pessoas nas janelas do seu prédio não podiam vê-lo, o homem estava em cima delas, numa linha reta, e havia, no caminho entre eles, muitas escadas de incêndio.

Eu estava ocupado demais observando o homem para ver o que se passava à minha volta. De repente, Boyne estava do meu lado, fazendo pontaria. Ouvi sua voz sussurrar:

— Quase odeio fazer isto, mas agora ele vai ter de cair.

Thorwald estava equilibrado no parapeito do terraço, lá em cima, com uma estrela bem acima da cabeça. Uma estrela da má sorte. Ficou parado por um minuto longo demais, na tentativa de matar alguém antes de ser morto. Ou talvez ele estivesse morto, e soubesse disso.

Um tiro irrompeu, para o alto contra o céu, o vidro da janela se espatifou em cima de nós dois, e um dos livros pulou bem nas minhas costas.

Boyne não falou mais nada sobre odiar fazer aquilo. Meu rosto estava encostado no braço dele. Com o tranco, o seu cotovelo bateu nos meus dentes. Soprei a fumaça para abrir uma clareira e poder enxergar o que tinha acontecido com o homem.

Foi horrível. Ele demorou um minuto para demonstrar alguma coisa, parado sobre o parapeito. Em seguida, largou a arma, como se dissesse: "Não vou mais precisar disso". Depois caiu atrás dela. Passou ao largo da saída de incêndio, tombou direto até o chão. Foi cair tão longe que bateu numa das tábuas da obra, num canto fora de vista. Ela impulsionou o corpo dele para cima feito um trampolim. Depois ele caiu de novo — para sempre. E pronto.

Falei para Boyne:

— Entendi. Finalmente consegui entender. O apartamento do quinto andar, o que fica em cima do apartamento dele, o que ainda está em obras. O piso de cimento da cozinha, erguido acima do nível dos outros cômodos. Eles queriam cumprir a lei de prevenção de incêndio e também obter o efeito de uma sala com o piso rebaixado, com o menor custo possível. Vá lá e cave...

Boyne foi até lá na mesma hora, saindo pelo porão e passando por cima das cercas para poupar tempo. A eletricidade ainda não estava ligada naquele apartamento, tiveram de usar lanternas. Não demoraram a resolver a questão, depois que começaram. Após meia hora, mais ou menos, ele chegou à janela e acenou para mim. Queria dizer sim.

Boyne só voltou quase às oito horas da manhã; depois de arrumarem tudo e levarem os corpos. Dos dois, o defunto quente e o defunto frio. Boyne falou:

— Jeff, retiro tudo o que disse. Aquele imbecil que mandei lá na roça atrás do baú... bem, não foi culpa dele, de certo modo. A culpa foi minha. Ele não tinha ordens para verificar as feições da mulher, só o conteúdo do baú. Ele voltou e falou do caso de um modo bem geral. Fui para casa e, quando já estava na cama, de repente me deu um estalo na cabeça! Um dos inquilinos que interroguei dois dias atrás nos deu alguns detalhes que não combinavam com as informações dele, em vários aspectos importantes. Isso é que é ser lento para entender as coisas!

— Senti a mesma coisa durante essa história toda — admiti, acabrunhado. — Chamei isso de ação retardada. Quase me matou.

— Sou um agente da polícia e você não.

— Foi assim que aconteceu de você chegar aqui na hora H?

— Claro. A gente veio pegar o sujeito para interrogar. Deixei os outros a postos lá, quando vimos que ele não estava em casa, e vim aqui sozinho para acertar os ponteiros com você, enquanto esperávamos. Mas como você foi descobrir que estava no piso de cimento?

Contei-lhe a história estranha da tal sincronização.

— Na janela da cozinha, o corretor de imóveis ficou mais alto em relação ao Thorwald, mais alto do que um segundo antes, quando os dois estavam na janela da sala. Não era segredo que estavam pondo um piso de cimento, revestido com uma mistura de cortiça, e elevando bastante o nível do chão. Mas isso ganhou um significado novo. Como o apartamento do andar de cima já estava pronto havia algum tempo, tinha de ser no quinto andar. Foi assim que encaixei as peças, por pura teoria. A mulher ficou muito doente durante anos, o marido vivia desempregado, ficou cheio daquela história, e da mulher também. Conheceu a outra...

— Ela vai vir para cá ainda hoje, estão trazendo, já presa.

— Na certa ele fez um seguro de vida da esposa, o mais alto possível, e depois começou a envenená-la devagar, tentando não deixar nenhum vestígio. Imagino, e lembre, tudo isso é pura conjetura, que ela descobriu isso naquela noite em que a luz ficou acesa a noite inteira. Descobriu de algum modo, ou apanhou-o em flagrante. Ele perdeu a cabeça e fez aquilo que mais desejava fazer o tempo todo, mas evitava. Matou-a com violência, estrangulamento ou pancada. O resto teve de ser improvisado às pressas. Teve uma oportunidade melhor do que merecia. Pensou no apartamento de cima, foi lá e deu uma olhada. Tinham acabado de pôr o piso, o cimento ainda não tinha endurecido e os materiais necessários ainda estavam à mão. Escavou uma valeta larga o bastante para comportar o cadáver, pôs a mulher lá dentro, misturou cimento fresco e recimentou o piso por cima dela, talvez elevando o nível do piso em uns dois centímetros, ou quatro, para que ela ficasse bem coberta. Um caixão permanente e inodoro. No dia seguinte os operários chegaram, puseram o revestimento de cortiça por cima do cimento, sem notar

51

nada, suponho que Thorwald tenha usado a colher de pedreiro deles para alisar o cimento. Depois mandou sua cúmplice rapidamente para o interior, para perto de onde a esposa tinha ficado alguns verões antes, mas num hotel-fazenda diferente, onde não seria reconhecida, junto com as chaves do baú. Mandou o baú logo depois e meteu na caixa de correio um cartão-postal antigo, com o ano borrado. Em uma ou duas semanas, ela na certa cometeria um "suicídio", no papel da senhora Anna Thorwald. Depressão causada pelo péssimo estado de saúde. Um bilhete de despedida escrito para ele e as roupas da esposa na beira de um rio de águas profundas. Era arriscado, mas assim talvez conseguissem ganhar o dinheiro do seguro.

Às nove horas, Boyne e o resto tinham ido embora. Eu ainda estava ali parado, na cadeira, agitado demais para conseguir dormir. Sam chegou e me disse:

— O doutor Preston está aqui.

Ele entrou, esfregando as mãos, daquele jeito que era bem dele.

— Acho que agora já podemos tirar o gesso da sua perna. Deve estar cansado de ficar aí sentado o dia inteiro sem fazer nada.

POST-MORTEM

POST-MORTEM

A mulher ficou se perguntando quem seriam eles e o que poderiam querer, naquela hora do dia. Sabia que não podiam ser vendedores, porque vendedores não andam por aí em grupos de três. Baixou o esfregão, enxugou as mãos nervosamente no avental, seguiu para a porta.

O que poderia estar errado? Será que tinha acontecido alguma coisa com Stephen? Estava trêmula de agitação e seu rosto estava pálido, por baixo do ligeiro bronzeado dourado, na hora em que abriu a porta e ficou cara a cara com eles. Todos tinham cartões brancos metidos na fita do chapéu, ela percebeu.

Aglomeravam-se ansiosos junto à porta, cada um tentava empurrar o outro para o lado.

— Senhora Mead? — disse o que estava mais à frente.

— O q... que... o que é? — estremeceu a mulher.

— Não ouviu o rádio?

— Uma válvula queimou.

Viu como eles trocavam olhares jocosos.

— Ela ainda não soube! — O porta-voz de todos prosseguiu: — Trazemos uma boa notícia para a senhora!

Ela ainda estava assustada, como sempre.

— Boas notícias? — repetiu, tímida.

— Sim. Não adivinha?

— N... não.

Continuaram a prolongar o suspense, de modo interminável.

— Sabe que dia é hoje, não sabe?

Ela balançou a cabeça. Queria que fossem todos embora, mas não tinha a desenvoltura verbal de certas donas de casa para se livrar de visitas indesejáveis.

— É o dia do grande prêmio na Inglaterra! — Esperaram, ansiosos. O rosto dela não mostrou o menor sinal de compreensão. — Não adivinha por que estamos aqui, senhora Mead? *O seu cavalo chegou em primeiro lugar!*

Ela ainda demonstrava apenas perplexidade. A frustração era nitidamente visível no rosto de todos os outros.

— Meu cavalo? — perguntou, com voz espantada. — Não tenho nenhum ca...

— Não, não, não, senhora Mead, não está entendendo? Somos repórteres; acabou de chegar à redação, vinda de Londres, a notícia de que a senhora é um dos três americanos que possuem um talão de aposta em Ravenal, na grande loteria da corrida de cavalos. Os outros dois moram em San Francisco e Boston.

A essa altura, eles já a haviam pressionado em direção à cozinha, simplesmente por ficarem aglomerados à sua volta.

— Não entende o que estamos tentando lhe dizer? Significa que a senhora ganhou cento e cinqüenta mil dólares!

Felizmente havia uma cadeira à mão, encostada à parede. Ela desabou claudicante sobre a cadeira.

— Ah, não!

Fitaram-na boquiabertos. Ela nem de longe recebeu a notícia da maneira como esperavam. Ficou balançando a cabeça, de um jeito suave, mas obstinado.

— Não, cavalheiros, deve ter havido algum engano. Deve ser outra pessoa com o mesmo nome. Vejam, não tenho nenhum bilhete de aposta em Rav... Qual é o nome do cavalo que vocês falaram? Não tenho bilhete de aposta em nenhuma corrida de cavalo.

Alguns repórteres olharam para ela com ar de censura, como se achassem que a mulher quisesse passá-los para trás.

— É claro que tem, tem de ter. De onde foram tirar o seu nome e o seu endereço? Chegou um telegrama de Londres para a redação de nossos jornais, junto com o nome dos outros ganhadores. Eles não iam inventar isso do nada. Tinha de estar escrito na papeleta que foi deixada na bilheteria das apostas em Dublin, antes da corrida. O que está querendo fazer, enganar a gente, senhora Mead?

Ela levantou a cabeça com ar atento ao ouvir isso, como se tivesse acontecido alguma coisa com ela, pela primeira vez.

— Esperem um instante, eu não tinha parado para pensar! Vocês estão me chamando de senhora Mead. Mead não é mais o meu sobrenome, desde que casei de novo. Meu sobrenome atual é Archer. Mas fiquei tão habituada a ser chamada de senhora Mead ao longo de anos, e a visão de tanta gente na minha porta ao mesmo tempo me deixou tão confusa, que eu nem notei que estavam usando esse nome. Se o bilhete do vencedor está em nome de uma senhora Mead, como estão dizendo, então Harry, meu primeiro marido, deve ter comprado o bilhete em meu nome, pouco antes de morrer, e nunca me falou a respeito disso. Sim, deve ter sido isso, sobretudo se o endereço foi transmitido pelo telégrafo. Sabe, a casa estava no meu nome e eu fiquei morando aqui, depois que perdi Harry, e também depois de casar de novo.

Ergueu os olhos para eles, com ar desamparado.

— Mas onde é que está o recibo, ou seja lá como chamam? Eu não tenho a menor idéia.

Fitaram-na com ar consternado.

— Quer dizer que não sabe onde está, senhora Me... senhora Archer?

— Eu nem sabia que ele tinha comprado um bilhete, até este momento. Nunca me falou nada sobre isso. Vai ver queria me fazer uma surpresa, no caso de eu ganhar alguma coisa. — Olhou para o chão com ar triste. — Pobre querido, morreu tão de repente — disse, com voz suave.

A consternação dos repórteres foi muito além da tristeza dela. Era quase cômico; dava a impressão de que o dinheiro tinha saído do bolso deles e não do bolso dela. Todos os três começaram a falar ao mesmo tempo, despejando mil perguntas e sugestões em cima da mulher.

— Puxa, era melhor dar uma boa procurada pela casa e ver se consegue achar o bilhete! Sem ele, não pode receber o dinheiro, sabe, senhora Archer.

— Já se desfez de todas as coisas dele? Pode estar no meio dos seus pertences.

— Ele tinha uma escrivaninha onde guardava papéis velhos? Podemos ajudar a senhora a procurar, senhora Archer?

O telefone começou a tocar. A pobre mulher levou as mãos à cabeça, transtornada, perdeu um pouco da compostura, o que não era de admirar, nas circunstâncias.

— Por favor, vão embora, todos vocês — pediu com impaciência. — Estão me incomodando, assim eu não consigo pensar direito!

Eles saíram tagarelando uns com os outros.

— Isto dá uma reportagem de interesse humano ainda melhor do que se ela tivesse o bilhete! Vou contar tudo como aconteceu.

A senhora Archer nesse momento estava atendendo o telefone.

— Sim, Stephen, alguns repórteres que estavam aqui agora há pouco acabaram de me dizer. Ainda deve estar metido em algum canto; uma coisa dessas não pode simplesmente *sumir*, não é? Está bem, é bom que faça isso.

Ele tinha dito:

— Cento e cinqüenta mil dólares é dinheiro demais para a gente deixar escapar entre os dedos assim tão facilmente. Estou indo para casa para ajudar você a procurar.

Quarenta e oito horas depois, haviam chegado ao fim de suas energias. Ou melhor, quarenta e oito horas depois, eles, por fim, estavam dispostos a reconhecer sua derrota. Na verdade já haviam chegado ao fim de suas forças bem antes disso.

— Chorar não vai adiantar nada! — comentou Stephen Archer, com cuidado, para a mulher, do outro lado da mesa.

Os nervos de ambos estavam à flor da pele, como aconteceria com qualquer pessoa àquela altura, portanto ela não se ofendeu com o tom de voz do marido. Abafou um soluço, enxugou os olhos.

— Eu sei, mas... é de desesperar. Tão perto e mesmo assim tão longe! Receber todo esse dinheiro seria um marco em nossa vida. Seria a diferença entre viver e simplesmente existir. Todas as coisas que nós queríamos tanto, vamos ter de passar sem elas... E ainda por cima temos de ficar parados, sem alternativa, e assistir enquanto tudo vai embora, como uma miragem! Quase preferia que eles nunca tivessem vindo aqui me contar.

A mesa entre os dois estava apinhada de papéis velhos. Entre eles, havia uma espécie de inventário curioso. Um inventário dos pertences do falecido Harry Mead. Uma lista tinha o seguinte título: "Bolsas, maletas etc.". Outra: "Mesa, escrivaninha, gavetas etc.". Uma terceira: "Ternos". E assim por diante. A maioria dessas coisas estavam dispersas e irremediavelmente perdidas a essa altura, algumas poucas ainda estavam em posse deles. Os dois tinham tencionado recapitular todo o conjunto de pertences do falecido, tal como estavam no momento da sua morte ou pouco antes disso, a fim de localizar o bilhete nos possíveis canais de desaparecimento. Uma tarefa irrealizável.

Alguns itens haviam sido conferidos. Outros tinham um ponto de interrogação ao lado. Outros ainda tinham cruzes, que marcavam a sua eliminação como possibilidade. Stephen Archer fora metódico, para dizer o mínimo. Qualquer outro também teria sido, por cento e cinqüenta mil dólares.

Eles haviam repassado a lista item por item, dez, vinte, cinqüenta vezes, acrescentando, descartando, reexaminando, enquanto a busca concreta seguia paralela ao inventário. Lentamente, a conferência e as cruzes superaram, em número, os pontos de interrogação. Eles chegaram a entrar em contato com outras pessoas, amigos antigos, conhecidos de negócios do falecido, o barbeiro, o garçom predileto, o jovem que engraxava seus sapatos uma vez por semana, todas as pessoas que os dois conseguiram lembrar e localizar, a fim de descobrir se talvez por acaso, um dia, ele não havia mencionado onde tinha colocado o tal bilhete. Não havia falado disso. Se ele não achava que era uma coisa importante o suficiente para comentar com a própria esposa, por que iria comentar com pessoas que nem eram da família?

Archer parou de bater com as unhas sobre a beirada da mesa, empurrou a cadeira para trás, num gesto de irritação, estreitou bem as pálpebras.

— Isso está deixando a gente maluco! Vou dar uma volta, andar um pouco. Quem sabe me vem uma idéia, enquanto fico sozinho. — Pegou o chapéu, falou já da porta da rua: — *Tente*, Josie, pode fazer isso? Continue tentando! — Era a mesma coisa que vinha falando havia dois dias e até agora ainda não tinham progredido nem um passo. — E não deixe ninguém entrar enquanto eu estiver fora de casa — acrescentou. Esse era um outro ponto. Eles haviam sido importunados de todos os lados e o tempo todo, como era mesmo de esperar. Repórteres, desconhecidos, todo tipo de xeretas.

Ele mal pisara a calçada quando a campainha tocou. Na verdade, foi um intervalo tão curto que ela teve certeza de que era o marido, de volta para pegar a chave, ou para lhe falar sobre alguma nova possibilidade que tinha acabado de vir à sua cabeça. Nos dois últimos dias, toda vez que ele saía de casa, voltava logo depois, duas ou três vezes, para lhe dar uma idéia nova que acabara de ocorrer a ele — uma idéia de onde a coisa poderia estar. Mas nenhuma daquelas idéias tinha dado certo.

Quando ela abriu a porta, viu o seu engano: era um daqueles três repórteres do outro dia. Dessa vez, sozinho.

— Ainda não teve sorte, senhora Archer? Vi o seu marido acabar de sair, por isso achei que podia falar com a senhora. Ele desligou o telefone todas as vezes que tentei ligar.

— Não, não achamos nada. E meu marido me disse para não falar com ninguém.

— Eu sei, mas por que a senhora não me deixa tentar ajudá-la? Não vim aqui como repórter, agora. Meu jornal já noticiou a história faz muito tempo. O que me atrai é o ângulo humano da coisa toda. Eu gostaria de fazer todo o possível para ajudar a senhora.

— Como pode ajudar? — perguntou, em dúvida. — Nós mesmos não chegamos a parte alguma, como é que alguém de fora teria alguma chance de conseguir?

— Três cabeças pensam melhor do que duas.

Com relutância, ela chegou para o lado e lhe deu passagem.

— O senhor tem de ir embora antes de o meu marido voltar, sei que ele não vai gostar se souber que o senhor está aqui. Mas eu bem que gostaria de conversar com alguém; a gente já não sabe mais o que pensar.

O repórter tirou o chapéu ao entrar.

— Obrigado, senhora Archer. Meu nome é Westcott.

Sentaram-se um diante do outro, em lados opostos da mesa redonda atulhada de papéis, ele na mesma cadeira em que Archer estivera sentado antes. Ela cruzou as mãos, em desalento, sobre a mesa.

— Pois é, tentamos de tudo — falou, com ar desamparado. — O que o senhor pode sugerir?

— Ele não vendeu, porque uma coisa como essa não é transferível; o nome da senhora estava na papeleta que foi para Dublin, e a senhora continua a ser a ganhadora. Mas ele pode simplesmente ter perdido o papel.

Ela balançou a cabeça com firmeza.

— Meu marido também sugeriu isso, mas eu não acredito. Não o Harry; ele nunca perdeu nem um alfinete em toda a sua vida! Além do mais, se tivesse perdido, sei que teria me contado, apesar de não me contar que tinha feito a aposta. Era um homem muito econômico; ficaria muito perturbado se perdesse qualquer coisa no valor de dois dólares e meio e não ia conseguir ficar sem me dizer.

— Então estamos seguros em afirmar que ele ainda estava de posse do boleto de aposta quando morreu. Mas *onde*, essa é a questão. Porque, onde quer que estivesse *na época*, estará também agora; isso é o mais provável.

Ele revirava as folhas de papel enquanto falava, lia os títulos para si mesmo.

— E as carteiras? Não estou vendo uma lista disso.

— Ele não tinha. Nunca usava. Era do tipo que preferia levar as coisas soltas no bolso. Lembro que uma vez tentei lhe dar uma carteira e logo depois das férias ele trocou por outra coisa.

— E quanto aos livros? As pessoas às vezes usam os objetos mais gozados para marcar as páginas, depois eles ficam metidos nos livros e acabam se perdendo.

— Já procuramos. Harry e eu nunca fomos muito de ler, não nos associamos a nenhuma biblioteca pública ou itinerante, e assim os dois ou três livros que estavam aqui em casa não saíram daqui depois. E os mesmos dois ou três livros que estavam aqui no tempo do Harry ainda estão aqui. Eu já virei e revirei esses livros, sacudi todas as páginas, examinei uma por uma.

O repórter pegou outro papelzinho.

— Ele só tinha três ternos?

— Era difícil convencer o Harry a comprar um terno novo; não se preocupava muito com roupas.

— A senhora se desfez dos ternos depois que ele morreu?

— Só de um, o marrom. O cinzento ainda está aqui, nos fundos. Para dizer a verdade, estava tão velho e tão surrado que tive até vergonha de mostrar para o comprador de roupas de segunda mão que veio levar o outro. Harry viveu naquele terno durante anos; no final, eu já não queria deixar que o vissem metido nele. Ele só o usava quando estava em casa.

— Bem, e o outro, o terno de que a senhora se desfez, ou vendeu? A senhora examinou os bolsos antes de se desfazer dele? Quem sabe ficou dentro de um dos bolsos?

— Não, tenho certeza absoluta de que não ficou. Nunca houve uma mulher, senhor Westcott, nem nunca vai haver, que não olhe dentro dos bolsos e vasculhe o forro até o fundo, antes de se desfazer da roupa velha do marido. É um gesto feminino tão instintivo quanto enfeitar o cabelo. Lembro-me com toda clareza de ter feito isso, não faz tanto tempo assim, afinal de contas, e não tinha nada dentro daqueles bolsos.

— Sei. — Esfregou o queixo com ar pensativo. — E quanto ao terceiro terno... azul-marinho trespassado? O que aconteceu com ele?

A mulher baixou os olhos com expressão desaprovadora.

— Estava praticamente novo; Harry só usou uma vez, antes de morrer. Bem, quando morreu, o dinheiro ficou muito curto e então, em vez de comprar uma roupa nova, eu dei o terno para eles e pedi que... vestissem Harry com o terno.

— Em outras palavras, ele foi enterrado com o terno.

— Foi. E o papel não ia estar naquele terno, é claro.

O repórter fitou-a durante um minuto, antes de retrucar. Por fim, falou:

— Por que não? — Antes que ela pudesse responder, a não ser pelo olhar espantado, ele prosseguiu: — Bem, a senhora, apesar de tudo, fica chateada se a gente conversar um pouco sobre isso?

— Não, mas é que...

— A senhora teria aprovado o fato de ele comprar uma coisa como um bilhete de uma loteria associada a uma corrida de cavalos, se tivesse sabido disso na época?

— Não — ela admitiu. — Eu brigava muito com ele por causa de coisas desse tipo, comprar bilhetes de sorteios, rifas e concursos, eu achava que era dinheiro jogado fora. Mas ele sempre continuou a fazer essas coisas.

— Então ele não ia querer que a senhora soubesse que ele tinha esse boleto de aposta, a menos que ganhasse, como de fato veio a acontecer. Portanto, ele o colocaria no lugar menos provável de a senhora encontrar. É lógico, não é?
— Acho que é.
— Outra pergunta: imagino que a senhora escovava as roupas do seu ex-marido de vez em quando, como faz a maioria das mulheres, ainda mais quando o marido tem tão poucos ternos, não é?
— Sim, o marrom, o que ele usava diariamente para trabalhar.
— Não o azul-marinho?
— Era novo, ele só vestiu uma vez, ainda não tinha necessidade.
— Seu marido na certa sabia disso. Também sabia, portanto, que o local mais seguro para esconder um bilhete da loteria da corrida de cavalos, no caso de ele não querer que a senhora o encontrasse numa de suas escovações diárias, seria dentro de um bolso desse terno azul-marinho novo em folha.

O rosto da mulher começou a empalidecer de um modo terrível.

O repórter fitou-a com ar solene.

— Acho que enfim descobrimos onde está esse comprovante sumido. Receio que esteja ainda com o seu falecido marido.

Ela o fitou com uma mistura de esperança nascente e horror. Esperança nascente de que o mistério extenuante estivesse, por fim, solucionado. Horror do que aquilo acarretava, se a solução fosse levada a cabo, segundo a sua conclusão lógica.

— O que eu posso fazer? — arquejou ela, com medo.
— Só tem uma coisa que a senhora pode fazer. Pedir autorização para desenterrar o caixão.

Ela estremeceu.

— Como eu posso pensar numa coisa dessas? Imagine se estivermos enganados.

— Tenho certeza de que não estamos, do contrário não ia sugerir que a senhora o fizesse.

E só de olhar para ela o repórter podia adivinhar que a mulher também tinha certeza, a essa altura. As objeções dela sucumbiram aos poucos, mas sucumbiram uma a uma.

— Mas será que eles, os homens que prepararam Harry, não iam encontrar o papel pouco antes de vestir o terno nele e devolver para mim, se estivesse mesmo no bolso?

— No caso de algo volumoso, como um envelope grosso ou uma caderneta, na certa teriam devolvido. Mas uma folhinha de papel da finura de um pedaço de pano, a senhora sabe como são frágeis esses comprovantes, teria passado facilmente sem ser notada, lá no fundo de um dos bolsos do colete, por exemplo.

Ela estava se habituando à idéia, tão repulsiva à primeira vista.

— Acho que é isso mesmo que deve ter acontecido e quero agradecer ao senhor por nos ajudar. Vou falar com o senhor Archer quando ele voltar e ver o que acha.

Westcott pigarreou em tom desaprovador, quando andava na direção da porta.

— Talvez seja melhor a senhora não falar de mim e deixar que ele pense que a idéia foi só sua. Talvez ele ache que é uma intromissão de um estranho e fique ofendido. A senhora sabe como são essas coisas. Vou dar um pulo aqui amanhã, e a senhora poderá me dizer o que ficou resolvido. Veja, se a senhora for em frente com a exumação do corpo, eu gostaria de ter a exclusividade da reportagem para o meu jornal. — Ele tocou o dedo no cartão de jornalista metido na fita em seu chapéu, no qual estava escrito *Boletim*.

— Pode deixar que eu cuido disso — ela prometeu. — Boa noite.

Quando Archer voltou de sua caminhada, ela deixou que ele pendurasse o chapéu e, num gesto de frustração, largasse o corpo de volta à mesma cadeira, antes de contar a novidade.

— Stephen, agora eu sei onde é que está! — exclamou num tom de segurança positiva.
Ele parou, passou os dedos entre os cabelos, voltou o rosto para ela:
— Você desta vez tem certeza mesmo ou é só outro alarme falso?
— Não, desta vez tenho certeza! — Sem falar de Westcott ou da sua visita, ela rapidamente resumiu a teoria dele e também as etapas por meio das quais o repórter a havia elaborado. — Portanto, tenho certeza de que está no... caixão junto com ele. A única vez que Harry usou aquele terno antes de morrer foi numa tarde de domingo, quando saiu para dar uma volta e passou num bar para tomar uma cerveja. Que lugar pode ser mais provável do que esse para ele comprar o bilhete de loteria? E depois ele simplesmente deixou o papel dentro do bolso, sabendo que ali eu não poderia encontrá-lo.

Ela esperava que o marido fosse ficar eufórico, que não fosse sequer sentir os escrúpulos que ela sentira no início — e que naquela altura, de todo modo, ela já havia superado. Não que a sua linha de raciocínio não o tivesse convencido. Pelo jeito como o rosto dele brilhou no início, a mulher pôde ver logo de saída que o havia convencido; mas em seguida ele ficou estranhamente pálido.

— Então a gente pode dizer adeus para sempre às nossas esperanças! — falou, com voz rouca.
— Mas por quê, Stephen? É só a gente pedir autorização para...

Não havia dúvida quanto à palidez dele. Ficara branco por causa de alguma emoção. A mulher achou que fosse repugnância.

— Não vou apoiar isso! Se está lá, vai ter de continuar lá!
— Mas, Stephen, eu não entendo. Harry não significava nada para você, por que você está reagindo dessa forma? Se eu não faço objeção, por que você faria?
— Porque é... é como um sacrilégio! Me dá arrepios!

Se temos de perturbar os mortos para ficar de posse desse dinheiro, prefiro deixar para lá! — Agora estava de pé, o punho cerrado sobre o tampo da mesa. O pulso estava visivelmente trêmulo. — De um jeito ou de outro, sou supersticioso; acho que nada de bom pode vir de uma coisa dessas.

— Mas você não tem nada de supersticioso, Stephen — contradisse ela, com delicadeza, mas em tom firme. — Sempre fez questão de passar embaixo de escadas, toda vez que via uma na sua frente, só para provar que não é supersticioso. E agora vem dizer que é!

Em vez de acalmá-lo, a sua insistência pareceu produzir um efeito contrário, deixando-o quase num frenesi. Sua voz tremeu:

— Como seu marido, eu proíbo que perturbe os restos mortais de um homem!

Ela fitou o marido com ar perplexo.

— Mas por que você ficou tão nervoso com isso? Por que seu rosto ficou tão branco? Nunca vi você assim.

Ele repuxou o colarinho como se estivesse sufocando.

— Pare de falar sobre isso! Esqueça que existe esse bilhete de loteria! Esqueça tudo a respeito dos cento e cinqüenta mil dólares! — E serviu para si uma dose dupla de bebida, mas só metade caiu dentro do copo, de tanto que a sua mão tremia.

A pequena senhora Archer saiu do táxi com visível esforço. Logo depois de Westcott. Apesar do tom bronzeado da pele, o rosto da mulher estava mortalmente branco, sob o escrutínio descolorante das luzes na entrada do cemitério. Um vigia noturno, avisado de antemão sobre a chegada deles e do seu intuito, abriu uma pequena porta para pedestres no grande portão, fechado desde o pôr-do-sol.

— Não encare a coisa desse jeito — o repórter tentou tranqüilizá-la. — Não somos culpados de nenhum crime ao vir até aqui e fazer isso. Temos uma ordem judicial devidamente assinada e totalmente legal. A sua autorização é a única coisa necessária e a senhora assinou o pedido. A de Archer não é necessária. A senhora foi a esposa do falecido; Archer não é parente dele.

— Eu sei, mas quando ele descobrir... — Olhou para trás, na direção das trevas em redor, tão temerosa como se Archer os tivesse seguido até lá. — Eu queria entender por que ele foi tão contrário...

Westcott lhe dirigiu um olhar como se dissesse "eu também", mas não respondeu.

— Vai demorar muito? — Ela tremia, enquanto seguiam o vigia na direção da pequena guarita do porteiro, logo depois da entrada.

— Já estão trabalhando há meia hora. Telefonei logo que saiu a autorização, para poupar tempo. Eles já devem estar com tudo pronto a esta altura.

A mulher estava tensa, com tremores, agarrada ao braço do repórter, que a segurava com uma atitude protetora.

— A senhora não precisa olhar — ele a acalmou. — Sei que isso faz tudo parecer duas vezes pior, vir aqui desse jeito, à noite, depois que o cemitério foi fechado, mas achei que desta maneira podíamos agir sem atrair atenção e publicidade incômoda. Encare a coisa deste modo: com parte do dinheiro, a senhora pode construir para ele um mausoléu de luxo, se quiser, para compensar. Agora, é só ficar aqui sentada, neste cantinho, e tentar manter o pensamento bem longe de tudo isto. Vou voltar assim que... assim que terminar.

Ela lhe dirigiu um sorriso apagado, sob a pálida luz elétrica da guarita.

— Cuide bem para que ele... seja colocado direito, de volta ao seu lugar.

Ela tentava se mostrar corajosa, mas aquilo era uma experiência difícil para qualquer mulher.

Westcott seguiu o vigia pela alameda principal, calçada com cascalho, que parecia dividir o cemitério ao meio, a pílula branca da lanterna do seu guia rolando pelo chão à frente deles. Dobraram numa vereda lateral e avançaram em fila indiana até chegarem a um grupo de figuras imóveis, à espera, sinistramente, sob a luz de algumas lanternas colocadas sobre o chão.

O terreno agora se convertera numa vala aberta, montinhos de terra revirada formavam um semicírculo. Uma grinalda murcha que estivera ali em cima tinha sido jogada para o lado. Mead morrera havia muito pouco tempo, para que tivessem erigido uma pedra tumular ou uma inscrição.

O caixão estava para fora e meio torto em cima dos montinhos de terra escavada, à espera da chegada de Westcott. Os operários repousavam em suas pás, absolutamente indiferentes.

— Muito bem, vamos em frente — disse Westcott, em tom seco. — A autorização está aqui.

Firmaram um ponteiro de ferro na borda da tampa, martelaram o ponteiro em vários locais ao longo da borda, até soltar a tampa. Em seguida, forçaram-na com um pé-de-cabra. Da mesma forma como se abriria qualquer caixote ou engradado. Os guinchos e rangidos dos pregos torcidos foram medonhos. Westcott não parava de andar para um lado e para o outro enquanto essa operação prosseguia. Estava satisfeito por ter tido o bom senso de deixar a senhora Archer na entrada do cemitério. Aquilo não era lugar para uma mulher.

Por fim, o barulho parou e ele entendeu que estava tudo pronto. Um dos operários disse, com uma frieza involuntária:

— É todo seu, senhor.

Westcott jogou o cigarro no chão com uma careta, como se tivesse um gosto ruim. Avançou e se pôs de cócoras ao lado do caixão aberto. Alguém solícito mantinha a luz branca direcionada para baixo, bem à sua frente.

— O senhor consegue enxergar?

Westcott, sem querer, virou a cabeça para o lado, depois desvirou-a outra vez.

— Mais do que eu gostaria. Desvie a luz da cabeça dele, por favor. Só quero procurar uma coisa nos bolsos.

A luz flutuou solícita, dava uma impressão macabra de haver movimento no conteúdo do caixão. O vigia entregou-lhe silenciosamente, por cima do ombro, um par de luvas de borracha. Westcott calçou-as com um débil estalido, audível na intensa quietude que pairava sobre o pequeno grupo.

Não demorou a agir. Esticou o braço, desabotoou o jaquetão, deixou-o aberto. Os homens à sua volta recuaram um passo. Sua mão avançou sem hesitar rumo ao bolso esquerdo superior do colete. Se foi necessário um esforço mental para fazer tal coisa, não era visível. Dois dedos se arquearam na busca, sumiram dentro da sarja azul. Saíram de volta vazios, passaram para o bolso inferior, no mesmo lado, enterraram-se de novo. Voltaram com um quadrado dobrado de um papel fino como crepe e que estalava como uma folha seca.

— Achei — disse Westcott, num tom neutro.

Os homens em volta, ou pelo menos o que segurava a lanterna, devem ter se debruçado para espiar. A pílula de luz deslizou de novo, inadvertidamente, para cima. Westcott piscou os olhos.

— Afaste a luz do rosto dele. Já disse... — A luz se corrigiu com obediência. Mas ele deve ter visto alguma coisa surpreendente no breve instante em que a luz ficara onde não devia, e reagiu com atraso, após um intervalo. — Ponha a luz no rosto! — deu a contra-ordem, de repente.

O bilhete da corrida dos cavalos, o centro das atenções até então, tombou sobre o colete, ficou ali sem ninguém perceber. Westcott só tinha olhos para aquela luz sobre o rosto. Um silêncio anormal pairava suspenso sobre a cena macabra. Parecia uma natureza-morta, de tão imóveis que todos estavam.

Westcott, por fim, rompeu o silêncio. Só disse duas coisas:

— Hm-hum — com um meneio afirmativo da cabeça. E depois: — Autópsia.

Disse a última palavra depois que, enfim, ficou de pé e lembrou de pegar de volta o bilhete que havia caído...

A senhora Archer ainda estava parada, ao lado dele, na guarita do zelador, o bilhete resgatado bem seguro entre os dedos, quando os homens que carregavam o caixão passaram na penumbra, alguns minutos depois. A lanterna que vinha na frente revelou a sua chegada para ela.

A senhora Archer puxou a manga do paletó do repórter.

— O que é que eles estão carregando? Não é *aquilo*, é? O que é aquele carro fechado, igual a um pequeno carro de entregas, que acabou de estacionar na frente do cemitério?

— É do necrotério, senhora Archer.

— Mas, por quê? O que aconteceu? — Pela segunda vez naquela noite, o bilhete caiu, solto, no chão.

— Nada, senhora Archer. Vamos embora, está bem? Quero conversar com a senhora antes de a senhora ir para casa.

Quando estava prestes a entrar de novo no táxi que haviam deixado esperando na porta do cemitério, ela voltou.

— Espere um instante. Eu prometi ao Stephen levar comigo um jornal da noite, quando voltasse para casa. Tem uma banca ali adiante, no outro lado da rua.

Westcott ficou esperando junto ao táxi enquanto ela foi até lá sozinha. Passou pela cabeça dela que seria uma boa idéia verificar se o jornalista não havia escrito alguma reportagem antecipada sobre o paradeiro do bilhete de loteria desaparecido. Caso não fosse tarde demais, ela queria evitar que ele o fizesse, se possível.

— Me dê o *Boletim*, por favor.

O jornaleiro balançou a cabeça.

— Nunca ouvi falar, senhora. Não existe esse jornal aqui na cidade.
— Tem certeza? — exclamou ela, estupefata. Olhou para o outro lado da rua para a figura à sua espera, junto ao táxi.
— Tenho de ter certeza, madame. Trabalho com todos os jornais publicados nesta cidade e nunca vi nenhum chamado *Boletim*!

Quando voltou para perto de Westcott, ela explicou, em tom sereno:
— Mudei de idéia. — Olhou para o cartão de jornalista enfiado na fita do chapéu dele. *Boletim*, via-se, perfeitamente, escrito ali.

Ela ficou muito calada dentro do táxi a caminho de casa, parecendo imersa em pensamentos. O único movimento era alguma ocasional mordida na parte interna da bochecha.

— Fui escalado para fazer uma reportagem sobre a senhora — começou Westcott, quando os dois sentaram numa pequena cafeteria à qual ele a levara. — Uma matéria de interesse humano, sabe como é. Por isso eu gostaria de lhe fazer algumas perguntas.

Ela olhou para o repórter sem responder. Continuava a dar pequenas mordidas na parte interna da bochecha, perdida nos próprios pensamentos.

— Mead morreu de maneira muito repentina, não foi? Quais foram as circunstâncias, exatamente?

— Ele não andava se sentindo bem, fazia vários dias... indigestão. Terminamos de jantar naquela noite, e eu estava lavando a louça. Ele se queixou de se sentir mal, e sugeri que fosse para fora, para tomar um ar fresco. Ele saiu para os fundos, para cuidar da horta que estava tentando plantar.

— No escuro?
— Levou uma lanterna de bolso.
— Continue. — Estava tomando notas com abreviaturas ou algo do tipo, enquanto ela falava, como os repórteres *não* fazem.

— Passou mais ou menos meia hora. Numa certa altura, ouvi uma batida em algum lugar perto, e depois mais nada, por isso não fui ver o que era. Então, pouco depois, Stephen, o senhor Archer, passou lá em casa para uma visita. Fazia algumas semanas que vinha fazendo isso; ele e Harry ficavam sentados jogando conversa fora, como fazem os homens, enquanto tomavam uns drinques. Bem, então fui até a porta dos fundos para chamar o Harry. Vi a sua lanterna caída no chão, mas ele não respondeu. Nós o achamos ali estirado, se contorcendo e incapaz de falar. Seus olhos rodavam e ele parecia estar tendo convulsões. Stephen e eu o levamos para dentro de casa e ligamos para o médico, mas quando ele chegou Harry já estava morto. O médico nos disse que foi um ataque de indigestão aguda, além de algum choque para o coração, talvez causado pelo barulho que mencionei ao senhor.

Ele cravou os olhos na mulher:

— Tenho certeza de que aquele barulho tem algo a ver com a causa de tudo. E quer dizer então que o legista classificou como indigestão aguda, registrou no seu laudo oficial que a causa foi essa? É um ponto para o conselho municipal apurar, mais tarde.

— Por quê? — exclamou ela.

O repórter foi em frente, como se não tivesse ouvido.

— A senhora quer dizer que Archer era o corretor que fez o seguro de Mead, não é? Em benefício da senhora, é claro, não está certo?

— Sim.

— Foi um valor alto?

— É preciso saber de tudo isso para uma reportagem de jornal? O senhor não é repórter, senhor Westcott, nem nunca foi; não existe um jornal chamado *Boletim*. O senhor é detetive. — A voz dela fraquejou, de nervoso. — Por que está me interrogando deste jeito?

Ele respondeu:

— Vou responder a isso quando voltar. A senhora me desculpe por um minuto, quero dar um telefonema. Fique aqui onde está, senhora Archer.

Ficou de olho nela enquanto permaneceu na cabine telefônica no outro lado do salão, discando um número e depois fazendo algumas perguntas. Ela continuou ali sentada, num estado de apreensão atordoada, umedecendo os lábios com a ponta da língua de vez em quando.
Repetiu a pergunta, quando ele voltou a se sentar.
— O que o senhor quer comigo? Por que está me fazendo perguntas sobre a morte de Harry?
— Porque, quando desenterraram o corpo esta noite, descobri que a pele da cabeça do seu primeiro marido foi partida, como por efeito de uma pancada. Liguei para o necrotério; fizeram um exame preliminar e me disseram que o crânio está fraturado.
O rosto da mulher empalideceu até um tom cinzento fantasmagórico. Até agora, Westcott não se dera conta de que ela era ligeiramente bronzeada, numa tonalidade dourada, uniforme, como um biscoito, em todo o rosto, no pescoço e nos braços. Sua palidez, por baixo daquela coloração, revelava o seu bronzeado. Ela teve de se agarrar à beira da mesa com as duas mãos. Por um minuto, o homem pensou que ela fosse desabar, com cadeira e tudo. Estendeu a mão para a frente, na direção dela, para ampará-la, mas não foi necessário. Deu-lhe um copo de água. Ela mal tocou os lábios no copo, em seguida respirou fundo.
— Então foi o caixão de Harry que vi os homens carregando no escuro, lá no cemitério?
Ele fez que sim com a cabeça, revirando as folhas em que vinha tomando notas.
— Agora, deixe ver se entendi a história direito.
Mas seus olhos perfuravam o rosto atormentado da mulher como se fossem verrumas, em vez de consultar as "anotações", enquanto ele falava.
— Stephen Archer fez um seguro de vida para o seu primeiro marido num valor bastante alto e pôs a senhora como beneficiária. Ficou amigo dele, habituou-se a visitar a casa de noite e bater papo com ele. Na noite da sua

morte, Mead saiu no escuro, para os fundos da casa. A senhora ouviu um barulho igual a uma pancada. Não muito tempo depois, Archer chegou pela porta da frente. Quando a senhora foi chamar o seu marido, ele estava morrendo, e morreu. Um médico particular e o legista da prefeitura classificaram a causa da morte como uma indigestão aguda. As finanças e a ética desses dois cavalheiros serão investigadas, mas agora não estou preocupado com isso. Só estou preocupado com a parte relativa à morte do seu marido. Esse é o meu trabalho. Pois bem, entendi a história direito?

Ela demorou tanto tempo para responder que quase pareceu que não ia responder nunca, mas ele continuou a esperar. Por fim, ela respondeu, com o rosto impassível e congelado de uma mulher que tomou uma decisão grave e deixou de lado toda e qualquer preocupação com as conseqüências de tal decisão.

— Não — disse ela. — O senhor não entendeu direito. Podemos repassar tudo outra vez? Primeiro, o senhor faria a gentileza de rasgar essas anotações que fez? Elas não vão ter mais nenhuma importância depois que eu tiver terminado.

Ele rasgou as anotações em pedaços pequenos e jogou-as no chão, sorrindo, como se tivesse a intenção de fazer aquilo desde o início.

— Pronto, senhora Archer.

Ela falou como uma pessoa adormecida, olhos concentrados num ponto bem acima da cabeça de Westcott, como se tirasse inspiração do teto.

— Stephen me atraiu desde o primeiro instante em que o vi. Ele não tem nenhuma culpa do que aconteceu. Vinha visitar Harry, não a mim. Mas, quanto mais eu o via, mais forte se tornava o meu sentimento. Harry tinha feito um seguro de vida de alto valor e eu era a beneficiária. Eu não podia deixar de pensar como seria conveniente se... alguma coisa o tirasse de mim. Eu ficaria bem de vida e, como Stephen era solteiro, o que me impediria de mais tarde casar com ele? De tanto pensar, virou um delírio, de um delírio, virou uma ação. Naquela noite, quando Harry saiu para os fundos da casa para pegar ar fresco, pensei em tudo pela última vez, enquanto lavava a louça. De repente, eu me vi pondo a idéia em prática. Subi, peguei um... um velho ferro de passar roupa que não usava mais. Desci com ele escondido embaixo do avental e, no escuro, saí atrás dele. Eu sabia que Stephen viria mais tarde, era só nisso que eu conseguia pensar. Harry já não era o meu marido, uma pessoa que eu amava; para mim, ele se transformara num mero obstáculo entre mim e Stephen. Fiquei parada e conversei com ele um instante, pensando em como ia fazer aquilo. Não tinha medo de ser vista ou ouvida, nossa casa é isolada, afastada. Mas eu tinha medo da expressão que ia ver nos olhos de Harry, no último momento. De repente vi um vaga-lume atrás dele. Falei: "Olhe, querido, tem um vaga-lume nas suas chicórias". Ele virou de costas para mim e eu fiz aquilo. Peguei o ferro pelo cabo, levantei bem e bati em cheio na parte de trás da sua cabeça. Não morreu logo na hora, mas o cérebro ficou paralisado e ele não conseguia falar, por isso vi que estava mesmo tudo acabado. Avancei pelo mato e enterrei o ferro de passar roupa, usando a sua enxada de jardim. Depois voltei para a casa, me lavei. Bem na hora em que terminei, Stephen chegou. Fui com ele até a porta dos fundos, fingi chamar Harry. Depois o encontramos, trouxemos para dentro. Stephen nunca soube que eu fiz isso.

— Quer dizer que ele não percebeu o ferimento? Não sangrava?

— Um pouco só, mas eu tinha lavado. Peguei uma base facial cor-de-rosa, que eu usava em mim mesma para esconder as rugas, recobri o ferimento com isso e cheguei até a pôr pó-de-arroz por cima, para ficar menos visível. Ele era ligeiramente careca, o senhor sabe. E penteei o cabelo para esconder bem o ferimento. Fiz um bom trabalho, afinal eu já usava aquele cosmético fazia muitos anos.

— Muito interessante. E, naturalmente, tudo isso satisfez os requisitos do médico que vocês chamaram, do médico-legista e, por fim, do agente funerário que cuidou do corpo. Isso explica tudo. Bem, a senhora o golpeou em cheio na parte de trás da cabeça... ou um pouco para o lado, digamos, para a esquerda?

Ela fez uma pausa. Em seguida:

— Sim, um pouco para a esquerda.

— Pode me mostrar onde foi que enterrou a arma depois do crime, eu imagino.

— Não, eu... eu desenterrei o ferro mais tarde e então, um dia, quando eu estava atravessando o rio na barca para visitar minha cunhada, joguei na água, no meio do rio.

— Mas a senhora *pode* me dizer qual era o peso do ferro? Era grande ou...

Ela balançou a cabeça.

— Sei que é muita burrice minha, mas não sou capaz de dizer. Era um ferro comum.

— Depois de ficar com o ferro por tantos anos? — Deu um suspiro, desanimado. — Mas pelo menos era um ferro comum, tem certeza disso?

— Ah, tenho.

— Bem, isso explica tudo. — Levantou-se. — Sei que está cansada e não vou mais reter a senhora. Muito obrigado e boa noite, senhora Archer.

— *Boa noite?* — ecoou ela, desconcertada. — Quer dizer que não vai me prender, não vai me levar para a delegacia, depois do que acabei de contar?

— Por mais que eu quisesse hospedar a senhora — respondeu ele, em tom seco —, há um ou dois fiozinhos soltos; ah, nada de muito importante, mas o suficiente para impedir uma prisão em grande estilo, como a que a senhora parece ter desejado, no seu coração de esposa fiel. Para começar, não há uma única ruga no rosto da senhora, portanto seria um zelo exagerado demais da sua parte se de fato usasse base cor-de-rosa, como diz. Em segundo lugar, ele não foi atingido na parte de trás da cabeça, mas bem no meio da têmpora. A senhora não esqueceria uma coisa dessas! E não havia nenhum cabelo na têmpora dele, senhora Archer.

De repente, ela se perturbou, enterrou o rosto nos braços sobre a mesa.

— Ah, eu sei o que o senhor vai pensar agora! Stephen não fez isso, eu sei que não fez. Eu sei que não foi ele! O senhor não vai...

— Não vou fazer nada, por enquanto. Mas com uma condição: quero a sua promessa solene de que não vai mencionar a ele esta nossa conversa. Nem vai contar que mandei o corpo para o necrotério nem nada mais. Senão vou prender o Stephen como medida preventiva e mantê-lo detido. E ele vai ter muita dificuldade para se livrar, mesmo se não for o culpado.

Ela se mostrou quase repulsiva em sua gratidão.

— Ah, eu prometo, eu prometo! Juro que não direi nenhuma palavra! Mas tenho certeza de que o senhor vai descobrir que não foi ele! É tão gentil e bondoso comigo, tão atencioso.

— A senhora, em troca, tem um seguro de vida e ele é o beneficiário, não é verdade?

— Ah, sim, mas não tem nada de mais. Alguém tem de ser o nosso beneficiário e eu não tenho filhos nem parentes próximos. O senhor está completamente enganado se suspeita que ele alimente essas idéias! Puxa, basta eu pegar um leve resfriado que ele logo morre de preocupação! Uma semana atrás, mais ou menos, eu peguei um leve resfriado e ele me levou correndo para o médico, todo preocupado. Chegou a levar para casa uma dessas lâmpadas ultravioleta, insistiu que eu devia começar a fazer um tratamento com aquilo, para aumentar a minha resistência. É claro que é uma bobagem ter uma coisa dessas em casa, mas...

Ele a estava conduzindo para fora, enquanto ela tagarelava, e olhava para os lados na tentativa de localizar um táxi para mandá-la para casa. A conversa já não parecia ter maior interesse para ele.

— É mesmo? Por quê?

— Bem, o banheiro é pequeno, para começar, e a lâmpada vive caindo em cima de mim. Ele insiste em dizer que a melhor hora para eu usar é quando estou na banheira, porque assim eu fico totalmente descoberta e posso tirar o máximo proveito.

Ele ainda olhava para os lados em busca de um táxi, para se livrar da mulher.

— Elas são bem pesadas, não?

— Não, essa é comprida e fina. Mas felizmente ele sempre está lá, toda vez, para consertar de novo.

— *Toda* vez? — foi só o que ele disse.

— Sim. — Ela riu, em tom de censura, como se tentasse lhe mostrar um quadro conciliatório do marido dedicado, desviar as suspeitas que aquele homem tinha de uma pessoa tão generosa e de tão boa índole. — Eu sempre espero até ele sair de casa de manhã, para depois tomar o meu banho. Mas acontece que quase sempre ele esquece alguma coisa e no último minuto, quando já está na estação, volta correndo e entra de supetão no banheiro, e lá se vai a lâmpada de novo.

— Que tipo de coisa ele esquece? — Tinha conseguido um táxi, mas agora estava fazendo o carro esperar.

— Ah, um dia é um lenço limpo, no outro alguns documentos de que precisa, e no outro é a caneta-tinteiro...

— Mas ele guarda essas coisas no banheiro?

Ela riu outra vez.

— Não. Mas nunca sabe onde foi que deixou e então entra afobado no banheiro para me perguntar... e, aí, lá se vai a lâmpada!

— E isso acontece quase toda vez que a senhora a acende?

— Acho que não deixou de acontecer nem uma vez.

Foi então que ele ficou olhando por cima da cabeça da mulher, assim como ela havia olhado por cima da cabeça dele, pouco antes. A última coisa que falou, ao se despedir, foi:

— A senhora vai manter a promessa de não falar com o seu marido sobre esta nossa conversa?
— Vou — garantiu ela.
— Ah, e mais uma coisa. Adie o seu banho e o tratamento com a lâmpada ultravioleta por alguns minutos amanhã de manhã. Talvez eu precise interrogar a senhora de novo, depois que o seu marido sair de casa, e eu não ia querer que a senhora saísse da banheira por minha causa.

Stephen Archer levantou-se de um pulo da poltrona quando ela entrou em casa, como se uma mola se soltasse embaixo dele. A mulher não conseguia identificar a emoção que o perturbava, mas, fosse qual fosse, via que era muito forte. Uma espécie de ansiedade.
— Você deve ter visto o filme duas vezes! — acusou ele.
— Stephen, eu... — Ela mexeu na bolsa. — Não fui ao cinema. Eu consegui o papel! — De repente, lá estava ele sobre a mesa entre ambos. Do jeito como saíra do bolso do colete. — Fiz o que você me disse para não fazer.
A maneira como os olhos dele se dilataram fez a mulher pensar que iam pular fora do rosto. De repente, ele a segurou pelos ombros, agarrou-a como um torno.
— Quem estava com você? Quem viu isso... ser feito?
— Ninguém. Obtive uma autorização, levei até lá, mostrei ao encarregado do cemitério e ele chamou dois coveiros... — A advertência de Westcott estava na cabeça da mulher, como um dedo ameaçador.
— Sim. Vá em frente. — Sua pressão não afrouxava.
— Um deles tirou o bilhete de dentro do bolso do colete e depois puseram a tampa de novo sobre o caixão, baixaram na cova e cobriram de novo.
O ar se soltou lentamente, com um chiado, através dos lábios tensos do marido, como se saísse por uma válvula de segurança.
— Olhe, Stephen... Cento e cinqüenta mil dólares! Aqui,

sobre a mesa, na nossa frente! Não é a mesma coisa que qualquer pessoa faria, se estivesse na mesma situação que eu?

Stephen não parecia interessado no bilhete. Seus olhos continuavam cravados nos olhos dela.

— E tem certeza de que ele foi colocado de novo no lugar, do jeito que estava?

Ela não disse mais nenhuma palavra.

O marido apalpou a nuca.

— Eu detestaria pensar... que ele não ficou do mesmo jeito que estava antes — falou, trôpego. Deixou a esposa e foi para o andar de cima.

Parecia que ela podia ver sombras vagas à sua volta, nas paredes, por todos os lados, sombras que ela sabia que não estavam ali. Será que aquele detetive tinha feito isso com ela — envenenara sua mente com suspeitas? Ou...

Archer pegou seu chapéu na manhã seguinte, beijou-a ligeiro, abriu a porta.

— Até logo. E não se esqueça de tomar banho. Quero ver você forte e bem-disposta, e o único modo é continuar esse tratamento diário.

— Tem certeza de que não esqueceu nada hoje? — gritou para o marido, já de saída.

— Desta vez peguei tudo. Imagine só, depois que a gente resgatar o dinheiro daquele bilhete, não vou ter mais de carregar esta maleta e todos os documentos para ir ao trabalho todo dia de manhã. Vamos comemorar hoje à noite. E não se esqueça de tomar o seu banho.

Segundos depois de o marido dobrar a esquina, a campainha tocou. Westcott devia ter ficado espiando, à espera de que ele saísse, e vindo pela lateral da casa para poder chegar à porta tão depressa.

Todos os temores da mulher voltaram, assim que ela o viu; estavam bem visíveis no seu rosto. Ela se pôs de lado, com ar abatido.

— Imagino que o senhor quer entrar e continuar tentando achar um assassinato onde não houve assassinato nenhum.

— A senhora pode pôr as coisas nesses termos, por mim tudo bem — aceitou, taciturno. — Não vou ficar muito tempo; sei que está ansiosa para tomar o seu banho... Dá para ouvir a água jorrando dentro da banheira, no andar de cima. Ele saiu um pouco mais tarde do que de costume nesta manhã, não foi?

A mulher fitou-o, com um espanto sem disfarce.

— Foi... mas como o senhor sabe disso?

— Ele demorou um pouco mais de tempo para fazer a barba hoje, foi por isso.

Dessa vez, ela nem conseguiu responder, apenas soltou um soluço de espanto.

— Sim, eu tenho vigiado a casa. Não foi só esta manhã, mas desde a hora em que a senhora voltou para casa ontem à noite. Bem tarde, fui chamado para tratar de outros assuntos e deixei outra pessoa no meu lugar. De onde eu fiquei de vigia, tive uma visão muito boa da janela do seu banheiro. Posso dizer que ele... demorou mais tempo para se barbear esta manhã. Posso subir lá e dar uma olhada?

De novo, ela se pôs para o lado em silêncio e seguiu-o até o andar de cima. O pequeno banheiro ladrilhado já estava cheio de vapor, que vinha da água que ameaçava transbordar da banheira. Ao lado, ficava uma lâmpada ultravioleta, ligada numa tomada na parede. Westcott observou as duas coisas sem tocar em nenhuma delas. O que ele pegou foi uma fita métrica enrolada que estava sobre o cesto. Apanhou-a sem dizer nada, entregou-a à mulher.

— Acho que um de nós deixou isto aqui — falou, com voz indiferente. — Pertence a...

Ele já havia começado a descer a escada outra vez, sem esperar que a mulher saísse do banheiro. Ela tomou a precaução de fechar as torneiras antes de ir atrás dele. Westcott tinha descido ao porão, sem pedir permissão. Voltou de lá um instante depois e encontrou-a na parte dos fundos da sala.

— Estava só tentando localizar a caixa de luz que distribui a energia da casa — respondeu ao olhar indagador da senhora Archer.

A mulher recuou um passo, por precaução. Não falou nada, mas ele traduziu em voz alta o pensamento fugaz que acabara de passar pela cabeça dela.

— Não, eu não sou louco. Talvez eu seja apenas um pouco desequilibrado; talvez um bom detetive, como um bom artista ou um bom escritor, tenha de ser um pouco desequilibrado. Agora, nós não temos muito tempo. O senhor Archer, com toda a certeza, vai esquecer mais alguma coisa no armário outra vez e vai voltar. Antes que ele faça isso, deixe que eu faça algumas breves perguntas para a senhora. A senhora diz que Archer começou a aparecer na sua casa à noite com muita freqüência, pouco antes da morte de Mead. Os dois ficaram bastante amigos.

— Sim, isso mesmo. Chamavam-se pelo prenome e se davam muito bem. Ficavam batendo papo e bebericando seus drinques. Puxa, Stephen chegou até a dar de presente para Harry um uísque muito caro, dois ou três dias antes da sua morte. Isso mostra como ele gostava do Harry.

— Isso foi antes ou depois que Harry começou a ter aqueles ataques de indigestão que, segundo o legista ou o médico, causaram a sua morte?

— Ora, pouco antes.

— Sei. E era um uísque muito caro. Tão caro que Archer fez questão de que Mead bebesse sozinho, não o dividisse nem com ele: em sua companhia, bebiam um dos seus uísques comuns e baratos, que a gente toma todo dia — disse Westcott.

O rosto da mulher empalideceu de surpresa.

— Como o senhor sabia disso?

— Eu não sabia. Agora sei.

— Era uma quantidade tão pequena, num pequeno

frasco de pedra, e ele já tinha provado um pouco em sua casa, antes de trazer. — Ela parou de repente, com uma expressão inequívoca e bem consciente no rosto. — Sei aonde o senhor quer chegar! Acha que Stephen envenenou Harry com o uísque, não é? Na noite passada era uma bala de fuzil, nesta manhã é um uísque envenenado! Bem, senhor detetive, para a sua informação, nem uma gota daquela bebida chegou aos lábios de Harry. Deixei cair a garrafa e tudo se derramou no chão da cozinha, enquanto eu preparava os drinques dos dois. Fiquei envergonhada e com medo de dizer a eles o que tinha acontecido, depois de ver a maneira como Stephen tinha elogiado o uísque, então pedi para entregarem em casa uma garrafa de uísque comum e com ele preparei os drinques, e os dois nunca souberam, nem notaram a diferença!

— Como vou saber que está dizendo a verdade?

— Tenho uma testemunha do acidente, é isso mesmo! O entregador que trouxe a garrafa nova da loja de bebidas me viu catando os cacos espalhados pelo chão da cozinha. Ele até balançou a cabeça e comentou que era uma pena, e apontou que uns pedaços redondos da garrafa ainda conservavam bebida suficiente para preparar uma boa dose de um drinque! E aí ele me ajudou a pegar os pedaços. Vá perguntar a ele!

— Acho que eu gostaria de verificar isso com ele. Em que loja ele trabalha?

— A Ideal, fica só a uns poucos quarteirões daqui. E depois volte para perseguir mais um pouco o meu marido! — desafiou.

— Não, minha senhora. Eu não tenho intenção de fazer nenhum movimento contra o seu marido. Qualquer movimento que houver vai ter de partir dele. E agora não tenho mais nenhuma pergunta para fazer, não preciso mais perguntar nada. Meu caso está completo. E lá vem ele de volta... para pegar algo que esqueceu!

Uma sombra embaçou o vidro fosco da porta da frente, uma chave começou a tilintar na fechadura. Um grito surdo de alarme rompeu de dentro da mulher.

— Não, o senhor vai prender o Stephen! — Suas mãos se estenderam numa súplica na direção dos ombros de Westcott, para rechaçá-lo.

— Não prendo pessoas por aquilo que não fizeram. Vou sair pelos fundos enquanto ele entra pela frente. A senhora corra para cima e entre na banheira... e deixe que a natureza siga o seu curso. Rápido, e não diga nenhuma palavra sobre isso a ele!

Ela subiu a escada voando como uma possessa, o roupão abanava atrás dela como um pára-quedas. Um sutil estalido na porta dos fundos, quando Westcott escapuliu, foi encoberto pelo barulho da porta da frente ao abrir, e Archer entrou, brigando para tirar da fechadura a chave que o havia atrasado. Um débil rumor de água chegou até ele, vindo de cima.

Fechou a porta após entrar, avançou até o início da escada, gritou com voz perfeitamente natural:

— Josie! Tem idéia de onde estão minhas pílulas de ferro? Saí sem elas.

— Stephen! De novo? — Sua voz desceu em tom de repreensão. — Mas eu perguntei quando você saiu... E agora aposto que perdeu o trem também.

— Que diferença faz? Pego o trem das nove e vinte e dois.

— Estão no aparador da sala de jantar, você sabe muito bem. — A voz dela descia até ele com a nitidez de um metrônomo, vibrando na caixa de ressonância formada pelas paredes ladrilhadas.

— Não consigo escutar o que você está falando. — Agora ele já estava no meio da escada. — Espere um instante, eu vou subir.

Seus passos pesados nos degraus encobriram um segundo estalido sutil que veio da porta dos fundos, como se a tranca tivesse ficado solta e voltasse a se abrir sozinha, e um instante depois o vulto de Westcott passou depressa pela parte de trás da sala e, em silêncio, entrou agilmente pela porta do porão. Às pressas, calçou a porta para mantê-la entreaberta, descendo a escada em seguida.

— Eu falei que estão no aparador — ela continuava a dizer.

Mas Archer, a essa altura, já estava com ela dentro do banheiro. Ela estava em posição reclinada na banheira, coberta até o peito pela água verde-azulada. O recato a fizera afundar mais um pouco quando o marido entrou. A luz ultravioleta acesa, com o seu refletor retangular chamuscado por trás, lançava um halo branco-violáceo sobre a mulher.

— Tem certeza de que não está no armário de remédios? — Ele atravessou o pequeno cubículo ladrilhado, rumo ao armário de remédios, antes que a mulher pudesse responder. Quando ele chegou à altura da lâmpada, seu cotovelo se projetou para o lado, de modo quase imperceptível, não mais do que uns dois centímetros.

A lâmpada comprida balançou, começou a tombar na direção da banheira, cheia até a borda, com uma lentidão quase hipnótica.

— Stephen, a lâmpada! — gritou a esposa, em tom de alarme.

Ele estava de costas para a mulher, remexia no armário de remédios. Parecia não ter ouvido seu grito.

— A lâmpada! — gritou ela uma segunda vez, de modo mais estridente. Não houve tempo para mais nada.

O branco-violáceo já se embotava para um tom laranja, à medida que a lâmpada tombava em arco pelo ar. O laranja turvou-se em vermelho. Em seguida a água apagou a luz com um chiado de cobra. A corrente elétrica parecia ter se interrompido ainda antes de a lâmpada tocar na água.

Por fim, Stephen virou-se, ao som da batida na água, e encarou-a com total serenidade. A surpresa só se estampou no seu rosto quando ele viu que a esposa havia se levantado de um pulo, dentro da banheira, tinha pegado uma toalha para se enrolar e tentava se afastar da lâmpada que chiava.

Seus olhos se voltaram com raiva e com um ar de interrogação para a tomada na parede, na outra ponta do fio. A tomada ainda estava no lugar. Ele se adiantou, puxou a tomada para fora, recolocou-a — como se quisesse restabelecer o contato, caso tivesse havido uma falha. A mulher ainda estava de pé dentro da água, que batia nos joelhos. Não caiu. Ficou ali, ereta, olhos arregalados, tentando desajeitadamente levantar a lâmpada com a mão que estava livre.

A surpresa no rosto de Stephen endureceu-se até tomar uma soturna e sombria expressão de decisão. Os dedos das duas mãos engancharam-se cruzados uns nos outros. Ele deu um passo para a frente para alcançar a mulher por cima da borda da banheira.

Uma voz falou:

— Está certo, você teve a sua chance e a queimou. Agora enfie as mãos nisto aqui, em vez de onde você queria colocá-las, antes que eu parta os seus dentes a pontapés.

Westcott estava de pé na porta do banheiro, sacudindo um par de algemas numa das mãos, como uma pessoa balança um chaveiro ou a corrente de um relógio, e a outra mão, meio recuada na altura do quadril, formava um ângulo reto feito uma barra de metal soldado.

Archer fez uma incontida tentativa de avançar, mas rapidamente mudou de idéia, quando o ângulo reto se expandiu num nariz empinado disposto a brigar. Ele recuou o máximo que lhe permitia o reduzido espaço do banheiro e então, quando não tinha mais para onde recuar, caiu sentado, com a nuca encostada no espelho do armário de remédios.

A reação da senhora Archer em relação àquele homem que havia acabado de salvar sua vida foi tipicamente feminina.

— Como se atreve a entrar aqui deste jeito? Não está vendo como eu estou? — Agarrou a cortina do chuveiro e enrolou-se nela, por cima da toalha.

— Desculpe, senhora — disse Westcott para acalmá-la, desviando o olhar da mulher com tato cavalheiresco —, mas não havia como evitar. Seria o seu assassinato. — As algemas fecharam-se com fúria nos pulsos de Archer, depois no pulso do próprio Westcott. Ele foi até a janela do banheiro e fez sinal para alguém lá fora, bem perto da casa, chamando para entrar.

— Meu assassinato! — engasgou a senhora Archer, que, a essa altura, era apenas um par de olhos acima da cortina do chuveiro.

— Claro. Se eu não tivesse cortado a energia da casa uma fração de segundo depois de ouvir a senhora dar o primeiro grito de alerta, desligando o disjuntor central na caixa de luz no porão, ele agora já teria conseguido eletrocutar a senhora. A água à sua volta na banheira serviria como um condutor de energia perfeito. É isso que ele vinha tentando fazer com a senhora toda vez que derrubava a lâmpada. A senhora não sabe o que acontece quando uma coisa dessas cai numa banheira cheia de água e a gente está dentro dela? A borda da banheira deve ter salvado a senhora algumas vezes, a lâmpada ficou muito para cima e caiu numa posição inclinada, apoiada na borda. Hoje ele cuidou de tudo para que isso não acontecesse, mediu bem a distância entre a base da luminária e a borda da banheira, e colocou-a perto o bastante para que os filamentos da lâmpada não tivessem onde cair, a não ser além da borda, para então bater em cheio na água. Eu o observei através da janela. Venha. Encontre-nos lá embaixo, depois de se vestir, senhora Archer.

Estavam sentados no andar de baixo, à espera dela, na sala de visitas, quando a mulher desceu a escada um pouco depois, andando como se os joelhos estivessem fracos, com o roupão bem amarrado na cintura, como se estivesse com frio, e uma expressão dura e desiludida no rosto. Havia mais um homem com Westcott, na certa o assistente que o ajudara a vigiar a casa durante toda a noite.

Archer estava falando para o seu captor, em tom taciturno, quando ela entrou na sala:

— Você acha que vai conseguir convencer minha esposa desse disparate que inventou lá em cima?

— Já consegui — respondeu Westcott. — Olhe só o rosto dela.

— Conseguiu, sim, Stephen — respondeu ela com uma voz sem vida, desabando numa cadeira, cobrindo os olhos e tremendo de forma incontrolável. — Aconteceu vezes demais para ser só uma coincidência. Você devia estar tentando fazer alguma coisa comigo. Por que é que *sempre* esquecia uma coisa e voltava para pegar, bem na hora em que eu estava na banheira? Por que a lâmpada *sempre* caía? E o que estava fazendo a minha fita métrica de costurar lá dentro do banheiro hoje de manhã? *Eu* não levei.

Mas ela não olhava para o marido enquanto falava, fitava o chão com ar triste.

O rosto de Archer se ensombreceu, ele torceu os lábios com escárnio para ela.

— Então você é desse tipo, não é? Pronta a acreditar no primeiro cana metido a besta que aparece! — Virou-se com raiva para Westcott. — Tudo bem, você envenenou minha esposa contra mim, conseguiu que ela ficasse do seu lado — rosnou —, mas de que isso vai adiantar para você? Não pode me acusar de um crime que nem sequer foi cometido!

Westcott dirigiu-se ao seu assistente.

— O que você descobriu sobre isso... alguma coisa?

O outro, em silêncio, entregou-lhe algo escrito numa folha de papel. Westcott leu e ergueu os olhos, sorrindo um pouco.

— Não posso acusá-lo do crime que queria cometer e que foi evitado no último minuto. Mas *posso* acusá-lo de um crime que você *nem sabe* que cometeu, é verdade, mas dá na mesma. E é por esse crime que vou mandar você para a cadeia!

Brandiu o papel na direção de Archer.

— Um certo Tim McRae, contratado como entregador

da loja de bebidas Ideal, morreu, após longa agonia, várias horas depois de sair do trabalho e ir para casa, no dia 21 de dezembro de 1939, é o que diz este relatório. Pensou-se que tinha sido acidental, uma bebida intoxicada, um uísque feito em casa, e nada foi apurado. Mas vou provar, com a ajuda da senhora Archer, e também de um comentário de passagem que McRae fez para o seu patrão, comentário a que o patrão não tinha dado muita atenção até agora, que ele havia sugado os restos da bebida recolhidos nos pedaços de uma garrafa quebrada, a mesma que você tinha trazido para esta casa e dado de presente ao senhor Harry Mead e que você se recusara a beber. Vou mandar exumar McRae e acho que vamos encontrar ali, nos órgãos vitais, toda a prova necessária. E posso ver, pela expressão na sua cara, que você pensa a mesma coisa! Lá está o táxi que vai nos levar para a delegacia. Vamos fazer uma síntese da história toda, antes de partir, está certo? Mead de fato morreu de morte natural, de indigestão aguda, agravada pelo choque de ouvir uma batida inesperada, talvez algumas crianças que brincavam por perto. Isso esclarece a questão do médico-legista e o livra de qualquer suspeita de negligência profissional. Mas você pensava, o tempo todo, que tinha mesmo assassinado Mead, porque sabia muito bem que tinha dado para ele uma garrafa de uísque envenenado e achava que ele tinha bebido. Ela, a parte inocente, recebeu o seguro de vida do marido e você casou com ela. Isso significava que ela era a próxima da lista. Você não ia mais tentar um envenenamento, embora achasse que tinha dado certo na primeira tentativa. Isso seria abrir uma brecha para a encrenca, foi a sua impressão. O golpe da eletrocussão na banheira era um método absolutamente seguro, se desse certo; você não teria com o que se preocupar mais tarde. Então vou avançar devagar, você pensou, para ter certeza de que não haveria a menor dúvida de que tinha sido um acidente. Quem poderia provar que você estava no banheiro, na hora em que aconteceu? Quem poderia provar que você tinha dado aquele pequeno esbarrão na lâmpada com o cotovelo, que fez a lâmpada cair? Você deixaria sua mulher morta por um choque elétrico dentro da banheira às nove e quinze da manhã e só iria "descobrir" tudo quando voltasse do trabalho, às cinco da tarde. E aí aconteceu que a história do bilhete da corrida de cavalos se meteu no meio dos seus planos. Isso não o deteve; você estava condicionado ao assassinato, a essa altura. Resolveu continuar, de todo jeito. Se já era boa a idéia de um "acidente" antes de ela ganhar cento e cinqüenta mil dólares, ficou ainda melhor depois disso. Nesse meio-tempo, a irmã solteirona de Mead, que desconfiava o tempo todo de que havia alguma coisa suspeita na morte dele, talvez só porque a viúva casou com você, em vez de vestir luto e cobrir-se de cinzas pelo resto da vida, nos procurou na delegacia e pediu uma investigação, e eu discretamente comecei a investigar. Você ficou apavorado com a idéia de exumar Mead, receoso de que o seu "crime" pudesse vir à luz, de algum modo imprevisto. Receoso, talvez, de que nós pudéssemos saber que ele tinha sido envenenado, pelas condições do cadáver. O que se revelou foi algo complemente distinto. Descobri uma ferida na sua têmpora, a pele rompida e um osso do crânio quebrado. De início, pensei que essa tivesse sido a causa da morte. Comprovou-se no final que não era nada disso. Foi só quando fui ao centro da cidade e examinei o caixão mais de perto que percebi um amassado no ponto em que levou uma pancada, depois que o corpo já estava lá dentro. O auxiliar do agente funerário, um garoto apenas, resolveu abrir o jogo e contou que o caixão tinha caído na hora em que foi colocado no carro fúnebre. Bateu com a parte da cabeça no chão. O choque lançou a cabeça do morto de encontro à lateral do caixão, com força suficiente para quebrar o osso do crânio e cortar a pele. Perguntei à senhora Archer e ela partiu logo na sua defesa, e conseguiu se sair melhor do que qualquer advogado faria, com uma história fantástica de um ferro de passar roupa.

Mas, por acaso, enquanto eu investigava um assassinato que, como se revelou, jamais tinha sido cometido, acabei descobrindo um outro, que ainda estava tomando forma. Em outras palavras, aquilo que parecia ser um assassinato, mas não era, antecipava um assassinato que ainda estava em andamento. Não posso incriminá-lo por nenhum dos dois. Mas, quando ponho o peso de ambos em cima do assassinato que você de fato cometeu, só que não sabia disso até agora, o do tal Tim McRae, eu posso mandar você para a cadeia por um tempo tão longo que não vai ter mais nenhum assassinato para você cometer quando sair de lá. Meio doido, não é? Mas é elegante também. Nosso táxi está esperando.

TRÊS HORAS

Ela havia assinado a própria sentença de morte. Ele dizia e repetia para si mesmo, muitas e muitas vezes, que não tinha culpa, que ela causara aquilo para si mesma. Ele nunca tinha visto o homem. Sabia que havia um homem. Fazia já seis semanas que sabia. Pequenas coisas tinham indicado isso. Certo dia, ele chegara em casa e havia uma guimba de cigarro num cinzeiro, ainda molhada na ponta, ainda quente na outra ponta. Havia gotas de gasolina no asfalto em frente à casa, e eles não tinham carro. Também não podiam ser de um carro de entregas, pois as gotas indicavam que o carro ficara ali durante muito tempo, uma hora ou mais. E uma vez ele tinha chegado a ver de fato o carro, de relance, dobrando a esquina para o outro lado, enquanto ele descia do ônibus, a dois quarteirões de casa. Um Ford de segunda mão. A mulher estava sempre muito alvoroçada quando ele entrava em casa, mal parecia ter noção do que estava fazendo ou falando.

Ele fingia não ver nenhuma dessas coisas; ele era esse tipo de homem, Stapp, não deixava à mostra seus ódios ou rancores, quando havia uma chance de escondê-los. Ele os alimentava no escuro da mente. Um tipo de homem perigoso.

Se tivesse sido honesto consigo, teria de admitir que aquele misterioso visitante vespertino era apenas a desculpa que ele deu a si mesmo, teria de admitir que já vinha sonhando em se livrar da mulher muito tempo antes de haver qualquer motivo para isso, teria de admitir que dentro dele existia, havia vários anos, alguma coisa que o instigava: Mate, mate, mate. Talvez desde a época em que ficara internado no hospital para tratar de uma concussão cerebral.

Ele não tinha nenhuma das desculpas habituais. A mulher não tinha dinheiro, não tinha um seguro de vida, ele não ia ganhar nada se livrando dela. Não havia uma outra mulher que ele quisesse pôr no lugar da esposa. Ela não o criticava nem brigava com ele. Era uma esposa dócil e flexível. Mas aquela coisa dentro do seu cérebro não parava de dizer: Mate, mate, mate. Stapp tinha conseguido abafar aquela voz até seis semanas antes, mais por medo e por um instinto de autopreservação do que por pena. A descoberta de que havia um estranho fazendo visitas à sua esposa, à tarde, enquanto ele estava fora, era tudo de que precisava para desencadear o seu impulso com uma ferocidade de hidra de muitas cabeças. E a idéia de que ele estaria matando dois, em vez de um só, era um incentivo adicional.

Assim, toda tarde, durante seis semanas, quando vinha da relojoaria para casa, ele trazia coisinhas consigo. Umas coisinhas bem miúdas, tão inofensivas, tão inocentes em si mesmas, que ninguém, mesmo se as visse, poderia ter imaginado — filamentos de fio de cobre finos e pequenos, como os que às vezes ele usava no conserto de relógios. E, todas as vezes, um embrulho bem pequeno, que continha uma substância que... bem, um especialista em explosivos talvez identificasse o material, mas ninguém mais o faria. Em cada um daqueles embrulhos havia só o bastante para, se detonado, fazer pfffff! e soltar um clarão igual ao de um antigo flash de pólvora. Solto daquele modo, não dava para machucar ninguém, só queimar a pele, é claro, se a pessoa ficasse muito perto. Porém, enchumaçado com pressão em cápsulas, dentro de algo que antes havia servido de caixa de sabão e ficava guardado no porão, comprimido ao máximo, como ele tinha feito, e acumulado durante trinta e seis dias (pois não havia trazido nada para casa aos domingos) — desse jeito, a história era diferente. Nunca iriam saber. Não sobraria muita coisa da casinha frágil para eles investigarem. Escapamento de gás, pensariam, ou um bolsão de gás natural no subsolo, perto da casa. Algo daquele tipo havia ocorrido do outro lado da cidade, uns dois anos antes, mas não com efeitos tão drásticos, é claro. Foi aquilo que lhe dera a idéia, na origem.

Também trouxe pilhas para casa, do tipo comum, de célula seca. Só duas, uma de cada vez. No que diz respeito à substância em si, onde Stapp a conseguia era da conta dele. Ninguém ia descobrir onde ele arranjara aquilo. Esse era o encanto de pegar tão pouquinho de cada vez. Nem no local de onde ele a retirou deram pela falta. A esposa não lhe perguntou o que havia naqueles pacotinhos, porque ela nem os viu, ele os trazia dentro do bolso, sempre. (E é claro que não fumava ao vir para casa.) Porém, mesmo se ela tivesse visto, na certa não lhe perguntaria nada. Ela não era do tipo intrometido que faz mil perguntas; teria pensado que eram peças de relógio, talvez, que o marido havia trazido para casa a fim de trabalhar de noite ou algo assim. E, além do mais, andava tão animada e alvoroçada naqueles dias, na tentativa de encobrir o fato de que recebia um visitante em casa que o marido poderia trazer um relógio de parede debaixo do braço que ela talvez nem notasse.

Bom, pior para ela. A morte estava tecendo a sua teia debaixo dos pés atarefados da esposa, enquanto eles se agitavam de forma tão distraída, para um lado e para o outro, nos cômodos daquela casa de dois andares. O marido estaria na sua oficina remendando peças de relógio, e o telefone iria tocar. "Senhor Stapp, senhor Stapp, sua casa foi pelos ares por causa de uma explosão!"

Uma leve concussão cerebral simplifica as coisas de um modo formidável.

Stapp sabia que a mulher não pretendia fugir com aquele estranho e, de início, se perguntara por que ela não fazia isso. Mas a essa altura ele achava que tinha chegado a uma resposta satisfatória. Era porque ele, Stapp, trabalhava, e o outro homem obviamente não, por isso não poderia prover o sustento dela, caso os dois fugissem. Devia ser isso, que outro motivo poderia haver? Ela achou que podia ficar com as duas coisas ao mesmo tempo.

Então era só para isso que ele servia, não é? Para pôr um teto em cima da cabeça da mulher. Bom, então ele ia fazer aquele teto subir até o céu, ia explodir tudo em mil pedacinhos!

Na verdade, ele não queria mesmo que a mulher fugisse de casa, isso não satisfaria aquela coisa dentro da sua cabeça, que dizia: Mate, mate, mate. Aquilo queria que ele pegasse *os dois*, e nada menos do que isso poderia servir. E, caso Stapp e a esposa tivessem um filho de cinco anos de idade, por exemplo, ele incluiria a criança também no holocausto, ainda que uma criança dessa idade não pudesse obviamente ter culpa de nada. Um médico saberia o que fazer com aquilo e telefonaria bem depressa para um hospital. Mas infelizmente os médicos não lêem pensamentos, e as pessoas não andam por aí com seus pensamentos estampados em letras grandes, como aquelas placas de anúncio que os homens-sanduíche carregam nos ombros.

O último pacotinho fora trazido dois dias antes. A caixa, agora, estava cheia ao máximo. Duas vezes o necessário para explodir a casa inteira. O suficiente para quebrar todas as janelas num raio de vários quarteirões — só que havia muito poucas janelas, eles moravam num lugar bem isolado. E tal fato lhe deu uma paradoxal sensação de virtude, como se estivesse praticando uma boa ação; estava destruindo sua própria casa, mas não punha em risco a casa de mais ninguém. Os fios estavam prontos, as pilhas que lançariam a centelha indispensável estavam conectadas. Agora, tudo o que era necessário era o ajuste final, a ligação dos circuitos, e depois...

Mate, mate, mate, deliciava-se a coisa dentro dele.

Aquele era o dia.

Ele havia trabalhado no despertador durante toda a manhã, e em mais nada. Era só um despertador de um dólar e meio, mas lhe dedicara mais atenção do que faria com um relógio de bolso suíço de corda automática ou um relógio de pulso de platina ou diamantes. Desmontar, limpar, lubrificar, ajustar, remontar, tudo para que não houvesse a mínima possibilidade de dar errado, de o mecanismo não cumprir o seu papel, ou de parar, emperrar ou qualquer outra coisa. Havia isso de bom em ser o seu próprio patrão, ter a sua própria oficina, não havia ninguém no seu pé para lhe dizer o que fazer e o que não fazer. E ele não tinha nem aprendiz nem ajudante para notar aquela atenção tão especial com um mero despertador, e que depois fosse contar para os outros a respeito daquilo.

Ele voltava para casa às cinco. O misterioso visitante, o intruso, devia ficar lá mais ou menos de duas e meia ou três horas até pouco antes da hora em que a mulher esperava o regresso do marido. Uma tarde, começou a chuviscar por volta das quinze para as três e quando ele entrou pela porta, mais de duas horas depois, ainda havia uma grande mancha seca no asfalto na frente da casa, apenas começando a escurecer com a fina chuva que ainda caía. Foi assim que ele ficou conhecendo tão bem o horário da traição da esposa.

Poderia, é claro, se quisesse simplesmente desmascarar tudo de uma vez, chegar mais cedo, inesperadamente, em qualquer tarde ao longo daquelas seis semanas e apanhá-los em flagrante. Mas preferia o caminho da vingança sorrateira e mortífera; eles talvez tivessem alguma explicação pronta, e isso ia acabar enfraquecendo o seu intuito, privá-lo do seu pretexto para fazer o que tanto desejava. E conhecia a mulher tão bem que, no fundo do coração, temia que ela tivesse uma desculpa pronta, caso lhe fosse dada a chance de se explicar. "Temia" era a palavra correta. Ele queria fazer o que pretendia. Não estava interessado em pôr as coisas em pratos limpos, estava interessado em ajustar contas. Aquele ressentimento artificialmente alimentado tinha envenenado o seu pensamento a tal ponto que agora não havia outra saída. Sem isso, poderia ter ficado latente durante mais cinco anos, porém mais cedo ou mais tarde iria irromper.

Stapp conhecia tão bem os horários da rotina doméstica da esposa que, para ele, era a coisa mais simples do mundo voltar para casa numa hora em que ela não estivesse ali. A mulher fazia a faxina pela manhã. Depois comia o lanchinho improvisado que chamava de almoço. Em seguida, saía de casa, no início da tarde, e fazia as compras para a refeição noturna. Tinham telefone em casa, mas ela nunca fazia pedidos por telefone; como dissera muitas vezes ao marido, ela gostava de ver o que ia comprar, do contrário os comerciantes simplesmente empurravam qualquer coisa em cima da gente, com os preços que queriam. Assim, entre uma e duas horas era o horário em que ele devia agir, e tomar cuidado para sair também sem ser visto.

Ao meio-dia e meia em ponto, ele embrulhou o despertador num papel pardo comum, meteu-o debaixo do braço e saiu da oficina. Saía da oficina todo dia naquela mesma hora para ir almoçar. Simplesmente demoraria um pouco mais a voltar para o trabalho naquele dia, e mais nada. Trancou a porta com cuidado, é claro; não havia por que arriscar, tinha muitos relógios de valor ali, em conserto ou em observação.

Tomou o ônibus na esquina adiante, como fazia diariamente quando estava de fato indo para casa no final da tarde. Não havia o menor perigo de ser reconhecido ou identificado por algum motorista de ônibus ou passageiro habitual ou por qualquer outra pessoa, a cidade era grande demais. Centenas de pessoas usavam aqueles ônibus noite e dia. Os motoristas nem olhavam para os passageiros quando estes pagavam a passagem, davam agilmente o troco com o braço para trás, identificando as moedas apenas pelo tato. O ônibus estava quase vazio, ninguém estava indo para os lados dele àquela hora do dia.

Saltou na parada de costume, a três intermináveis quarteirões de subúrbio do local onde morava, motivo por que sua casa não tinha sido um investimento especialmente bom quando ele a adquirira e por que mais nenhuma outra casa fora construída nas imediações desde então. Mas, num dia como aquele, isso tinha as suas compensações. Não havia vizinhos para espiar, pela janela, o seu regresso num horário fora do comum e lembrar-se disso mais tarde. O primeiro dos três quarteirões pelos quais ele precisava passar tinha uma fileira de lojinhas de beira de calçada. Os dois quarteirões seguintes estavam completamente vazios de uma esquina a outra, só um painel que servia para colar cartazes de publicidade, de um lado e do outro da rua, com a sua galeria de pessoas amistosas, que sorriam exultantes para ele diariamente, duas vezes por dia. Incuráveis otimistas, aquelas pessoas; mesmo naquele dia, em que elas seriam espatifadas e estilhaçadas, continuavam a rir e a lançar seus sorrisos marotos, com seus conselhos, suas mensagens de alegria. O gordo suado e careca prestes a tomar um gole de uma bebida não alcoólica. "A pausa que refresca!" A sorridente lavadeira de cor levantando a roupa lavada: "Não, patroa, eu uso Oxydol". A camponesa num telefone rural dando uma risadinha por cima do ombro: "Ainda estão falando do seu novo Ford 8!". Estariam todos em farrapos e em chamas dali a duas horas e não tinham juízo bastante na cabeça para descer dali e cair fora.

— Vocês vão se arrepender — sussurrou em tom sombrio ao passar ao pé dos cartazes com o despertador debaixo do braço.

Mas a questão era que, se nunca um homem tinha atravessado três quarteirões em plena luz do dia sem ser visto por olhos humanos, ele havia conseguido fazer isso dessa vez. Fez a curva na estreita calçada de cimento ao chegar diante da sua casa, puxou a porta de tela, pôs a chave na porta interna de madeira e entrou. A esposa não estava, é claro; ele sabia que não estaria, do contrário não teria vindo assim.

Fechou de novo a porta ao passar, avançou para a penumbra azulada e crepuscular na parte interna da casa. Assim pareceu, a princípio, depois da forte luminosidade da rua. A esposa deixara as persianas abaixadas, cobrindo três quartos de todas as janelas, para manter a casa fresca até quando ela voltasse. Stapp não tirou o chapéu nem nada, não ia demorar. Sobretudo depois de preparar o despertador que estava trazendo, já em funcionamento. De fato, ia dar uma sensação arrepiante caminhar de volta por aqueles três quarteirões até a parada de ônibus e ficar à espera do ônibus para levá-lo ao centro da cidade outra vez, ciente o tempo todo de que algo fazia tique-taque, tique-taque, lá atrás, no maior sossego, mesmo sabendo que nada ia acontecer senão dali a duas horas.

Ele seguiu direto até a porta que levava ao porão. Era uma porta de madeira bastante sólida. Atravessou-a, fechou-a em seguida e desceu a escada de tijolos, sem revestimento, até o fundo do porão. No inverno, é claro, a esposa tinha de descer lá de vez em quando a fim de regular o aquecedor a óleo, enquanto Stapp estava fora de casa, mas depois do dia 15 de abril ninguém senão ele descia até o porão, e naquela altura o dia 15 de abril já ficara para trás fazia muito tempo.

A esposa não percebera que ele havia descido ao porão nem uma vez sequer. Ele escapulia, todas as noites, enquanto ela estava na cozinha lavando a louça do jantar, e, quando ela terminava e saía da cozinha, ele já estava na sala outra vez, com o jornal nas mãos. Não levava muito tempo para adicionar o conteúdo de cada novo pacotinho àquilo que já se encontrava dentro da caixa. A instalação dos fios tinha tomado mais tempo, mas ele terminara aquela parte numa noite em que a esposa saíra para ver um filme (foi o que ela disse — e mostrou-se muito vaga a respeito do filme que tinha visto, mas Stapp não a pressionou).

O porão tinha uma lâmpada acima da escada, mas

não era necessário acender, senão à noite; a luz do dia podia entrar através de uma estreita janela horizontal que, do lado de fora, ficava ao nível do chão, mas por dentro se situava logo abaixo do teto do cômodo. O vidro era coberto por uma rede de arame, por proteção, e por causa da falta de zelo estava tão embaçado que tinha ficado quase opaco.

A caixa, que não era mais uma simples caixa, e sim uma máquina infernal, estava de pé junto à parede, ao lado do aquecedor a óleo. Agora ele não se atrevia mais a mexer nela quando a caixa já estava ligada aos fios e com as pilhas embutidas. Aproximou-se, ficou de cócoras à sua frente e colocou a mão sobre ela, com uma espécie de gesto de amor. Estava orgulhoso daquilo, mais orgulhoso do que de qualquer relógio sofisticado que já tivesse consertado ou reconstruído em sua carreira de relojoeiro. Um relógio, afinal, era inanimado. Aquilo, porém, ia se tornar animado dentro de poucos minutos, talvez de forma diabólica, mas animado mesmo assim. Era como... dar à luz.

Desembrulhou o despertador e espalhou no chão, à sua frente, os poucos elementos necessários que havia trazido da oficina. Através de um furinho que ele tinha feito na caixa, saíam as pontas de dois finos fios de cobre, duras, alertas, como as antenas de uma espécie de inseto. Através delas, a morte ia entrar.

Primeiro Stapp deu corda no despertador, pois não poderia fazer isso a salvo depois de ter ligado os fios. Deu toda a corda que pôde, com uma hábil e profissional economia de movimentos do pulso. Não era à toa que era um relojoeiro. Deve ter soado agourento, lá no fundo daquele porão silencioso, ouvir o *crique-craaaaque, crique-craaaaque*, aquele barulho tão doméstico que anuncia a hora de ir para a cama, a paz, o sono, a segurança; daquela vez, anunciava a proximidade da destruição. Soaria assim, se houvesse algum ouvinte. Não havia ninguém para ouvir, a não ser ele. E para ele não soou agourento, soou delicioso.

Ajustou o despertador para tocar às três horas. Mas agora havia uma diferença. Em vez de apenas ajustar o toque de uma campainha inofensiva para quando o ponteiro das horas chegasse ao número três e o ponteiro dos minutos chegasse ao doze, os fios ligados ao despertador e conectados às pilhas fariam disparar uma centelha. Uma única, minúscula, fugaz centelha — só isso. E quando acontecesse, lá no centro da cidade, onde ficava a sua oficina, o vidro da vitrine iria vibrar e talvez um ou dois mecanismos dos relógios mais sensíveis iriam parar. E pessoas na rua se deteriam e perguntariam umas às outras: "O que foi isso?".

Na certa, mais tarde, nem conseguiriam dizer com segurança se havia mais alguém na casa além da sua esposa. Só saberiam que ela estava lá por um processo de eliminação; ela não estaria em parte alguma depois. Só saberiam que a casa estivera ali pelo buraco no solo e pelos escombros em redor.

Stapp se perguntou por que mais gente não fazia coisas assim; não sabiam o que estavam perdendo. Talvez não fossem inteligentes o bastante para cuidar de tudo sozinhas, esse era o motivo.

Quando acertou o despertador pelo seu relógio de bolso — uma e quinze —, removeu a tampa de trás do despertador. Na oficina, já havia aberto ali um pequeno furo. Com cuidado, guiou os fios semelhantes a antenas através do furo, mais cuidadosamente ainda prendeu-os às partes necessárias do mecanismo, sem deixar que o mais leve tremor alcançasse os fios. Era extremamente perigoso, mas suas mãos não o traíram, eram hábeis demais nesse tipo de tarefa. Não era crucial repor a tampa de trás do despertador, o resultado seria o mesmo com ou sem ela, mas Stapp fez isso também, a fim de dar à tarefa o toque de bom acabamento que seu espírito de artesão julgava indispensável. Feito isso, o despertador foi colocado sobre o chão, como que num lugar ao acaso, tiquetaqueando junto a uma caixa de sabão com tampa de cobre de aspecto inofensivo. Haviam se passado dez minutos desde que ele descera ao porão. Faltava uma hora e quarenta minutos ainda.

A morte já estava a caminho.

Stapp levantou-se e observou o seu trabalho. Fez que sim com a cabeça. Recuou um passo no piso do porão, ainda olhando para baixo, e fez que sim com a cabeça de novo, como se a ligeira mudança de perspectiva tivesse apenas realçado o seu trabalho. Avançou até o início da escada e ali parou mais vez e olhou para trás. Tinha olhos muito bons. De onde ele estava, conseguia enxergar com exatidão as marcas dos minutos no mostrador do despertador. Um minuto havia acabado de passar.

Sorriu um pouco e subiu a escada, não de modo furtivo ou receoso, mas como faz um homem em sua própria casa, com o ar de calma que tem um proprietário, cabeça erguida, ombros para trás, passo firme.

Não tinha ouvido o menor ruído acima da cabeça enquanto estivera no porão, e era muito fácil ouvir ruídos através do chão fino, Stapp sabia disso por experiência. Mesmo o abrir e o fechar de uma porta podia ser ouvido lá embaixo, sem dúvida também se ouviriam os passos de alguém que andasse nos cômodos da casa, caso pisasse com o seu peso normal. E, quando a pessoa ficava parada em determinados pontos e falava, o som da voz e mesmo o que era dito chegava ao porão com toda a clareza, devido a algum efeito acústico. Várias vezes ele tinha ouvido claramente Lowell Thomas no rádio, lá em cima, enquanto estava no porão.

Por isso estava ainda mais despreparado quando abriu a porta do porão, saiu para o vestíbulo e ouviu um passo de leve em algum lugar acima, no segundo andar. Um passo isolado, solitário, separado, sem seqüência, como uma pegada de Robinson Crusoé. Estacou por um momento, escutou com toda a atenção, imobilizado. Estacou por um momento, escutou com atenção, enquanto pensava — desejava, na verdade, estar enganado. Mas não estava. O rumor de uma gaveta de escrivaninha sendo aberta ou fechada chegou até ele e depois um leve tinido, como se algo tivesse batido no meio dos frascos de vidro dos produtos de toalete na cômoda de Fran.

Quem mais estaria ali, senão ela? Contudo, havia algo de furtivo naqueles ruídos vagos e sem nexo que não pareciam ser dela. Stapp teria ouvido a esposa entrar em casa; seus saltos altos em geral davam fortes pancadas na madeira dura do soalho, como bombinhas de festa de criança.

Uma espécie de sexto sentido o fez se voltar de repente e olhar para trás, na direção da sala de jantar, e o fez bem a tempo de ver um homem agachado, com os ombros curvados para a frente, movendo-se furtivamente na sua direção. Ainda estava a alguns metros de distância, além da soleira da sala de jantar, mas antes que Stapp pudesse fazer algo mais do que abrir a boca, num reflexo causado pelo espanto, o homem caiu sobre ele, agarrou-o brutalmente pelo pescoço com a mão, empurrou-o de encontro à parede e prendeu-o ali.

— O que está fazendo aqui? — Stapp conseguiu falar, sufocado.

— Ei, Bill, tem *gente* na casa! — avisou o homem, em guarda. Em seguida atacou Stapp, acertando-o com uma pancada atordoante no lado da cabeça com a mão livre. Stapp não cambaleou porque a parede estava logo atrás da sua cabeça, o que duplicou o impacto do golpe, e seus sentidos se embotaram num redemoinho durante um minuto.

Antes que seus sentidos se clareassem outra vez, outro homem pulou pela escada, vindo de um dos cômodos de cima, enquanto terminava de encher o bolso com alguma coisa.

— Você sabe o que tem de fazer, vamos lá, rápido! — ordenou o primeiro. — Me dê alguma coisa para amarrar esse cara e vamos cair fora daqui!

— Pelo amor de Deus, não me amarrem...! — Stapp conseguiu pronunciar, em meio à forte pressão que estrangulava sua traquéia. O resto do que disse se perdeu num borrão sonoro em meio aos seus esforços frenéticos, enquanto esperneava com fúria e agarrava a própria garganta na tentativa de se libertar. Não estava lutando contra o homem, estava apenas tentando romper aquela barreira estrangulante por um intervalo suficiente para conseguir falar o que tinha de lhes dizer, porém o seu agressor não podia saber a diferença entre as duas coisas. Golpeou-o brutalmente pela segunda vez, e pela terceira, e Stapp ficou todo mole contra a parede, sem perder completamente a consciência.

O outro já tinha voltado com uma corda, parecia o varal da cozinha, que sua esposa usava às segundas-feiras. Stapp, com a cabeça tombada para a frente, meio zonzo, por cima do braço esmagador que ainda o mantinha seguro pela jugular, tinha uma vaga consciência da corda dando voltas em redor dele, indo e vindo, para lá e para cá, em volta das pernas, dos braços e do corpo.

— Não... — soluçou. Sua boca foi subitamente quase rasgada ao meio, e um lenço grande, ou um trapo, foi empurrado para dentro, emudecendo com eficácia todo e qualquer som. Em seguida, enrolaram alguma coisa em volta do pano, a fim de prendê-lo ali dentro da boca, e amarraram por trás da cabeça. Seus sentidos estavam clareando outra vez agora, quando já era tarde demais.

— Gosta de briga, hein? — murmurou um deles, em tom cruel. — O que é que ele está protegendo? A casa é um bagaço, não tem nada.

Stapp sentiu uma mão entrar no bolso do seu colete e retirar seu relógio. Depois, no bolso da calça e pegar o pouco dinheiro trocado que havia ali.

— Onde é que vamos meter esse cara?

— Deixe aí mesmo.

— Não. Minha última temporada na prisão foi porque deixei um cara à solta e ele conseguiu mandar uma patrulha no meu encalço rapidinho; me pegaram logo no quarteirão seguinte. Vamos mandar o cara lá para baixo, onde estava antes.

Isso lhe provocou um novo espasmo, quase epiléptico em sua violência. Ele se contorceu, se revirou e sacudiu a cabeça para trás e para a frente. Levantaram-no então entre eles, um segurou a cabeça e o outro os pés, abriram a porta do porão com um pontapé e carregaram Stapp, pela escada, até lá embaixo. Ainda não conseguiam entender que Stapp não estava resistindo, que não ia chamar a polícia, que não ia erguer um dedo para que os dois fossem presos — só queria que o deixassem sair dali e ir embora, *com* eles.

— Assim está melhor — disse um dos ladrões, quando o depuseram no chão. — Quem quer que more nesta casa com ele não vai encontrar o cara tão depressa...

Stapp começou a rolar a cabeça para um lado e para o outro sobre o chão, como um demente, na direção do despertador, depois na direção deles, na direção do despertador, na direção deles. Mas tão depressa que aquilo acabou perdendo qualquer sentido possível, mesmo se a princípio ainda tivesse feito algum sentido para eles, e é claro que não tinha. Os dois ainda pensavam que Stapp tentava se libertar, numa resistência invencível.

— Olhe só isso! — zombou um deles. — Já viu alguém assim na sua vida? — Brandiu o braço num gesto de ameaça na direção da forma que se contorcia. — Vou acertar uma cacetada que vai dar um jeito em você de uma vez por todas, se não parar com isso!

— Amarre o cara naquele cano lá no canto — sugeriu o comparsa —, senão vai se esgotar de tanto rolar para lá e para cá. — Arrastaram Stapp para trás pelo chão e amarraram-no com força sentado, com as pernas para a frente, usando mais um pedaço de corda que estava enrolado no porão.

Em seguida, esfregaram as mãos num gesto exagerado e começaram a subir a escada, um atrás do outro, respirando com força por causa da luta que haviam travado contra ele.

— Junte tudo o que pegamos e vamos cair fora —

sussurrou um deles. — Vamos ter de arrombar outra hoje à noite... e desta vez deixe que *eu* faço a escolha!
— Parecia a maior moleza — desculpou-se o comparsa. — Ninguém dentro da casa, e isolada desse jeito.

Um som peculiar como o chiado grave de uma chaleira ou o miado de um gatinho recém-nascido deixado na chuva para morrer filtrou-se debilmente através da mordaça na boca de Stapp. Suas cordas vocais foram tensionadas à beira de se romper, com o esforço que lhe custava fazer aquele som, embora muito débil. Seus olhos estavam arregalados e fixos, presos aos dois homens, com horror e súplica.

Os ladrões viram aquele olhar enquanto subiam a escada, mas não conseguiram interpretá-lo. Podia ser apenas o esforço físico de tentar romper a corda que o amarrava, podia ser a raiva e uma ameaça de desforra, até onde podiam imaginar.

O primeiro passou distraidamente pela porta do porão e sumiu de vista. O segundo parou a meio caminho, antes do alto da escada, e olhou para trás com ar complacente, na direção de Stapp — da mesma forma que, poucos minutos antes, Stapp havia olhado para trás, na direção da sua obra.

— Fique calmo — debochou —, relaxe. Já fui marinheiro. Nunca vai conseguir escapar desses nós, meu chapa.

Stapp remexeu a cabeça em desespero, virou os olhos na direção do despertador uma última vez. Os olhos quase pularam para fora das órbitas, ele pôs um enorme esforço físico no seu gesto.

Dessa vez o homem percebeu, afinal, mas entendeu de forma errada. Brandiu o braço na sua direção, com escárnio.

— Está tentando me dizer que tem um compromisso? Ah, não tem não, está só pensando que tem! O que interessa para você que horas são? *Você* não vai a lugar nenhum!

E então, com a aterradora lentidão de um pesadelo

— embora apenas parecesse que era assim, pois o ladrão retomou seu caminho escada acima bem depressa —, a cabeça do homem cruzou a porta, os ombros seguiram logo após, e depois a cintura. Agora até a comunicação visual entre eles fora cortada, e se Stapp ainda tivesse mais um minuto talvez conseguiria fazê-los entender! Agora só havia um pé visível, apoiado no degrau mais alto da escada, pronto para sumir. Os olhos de Stapp estavam fixos naquele pé, como se o apelo ardente do seu olhar pudesse chamá-lo de volta. O calcanhar ergueu-se, o pé levantou, seguiu o caminho do resto do corpo do homem e se foi.

Stapp arquejou tão violentamente como se pudesse ir no encalço daquele pé pela simples força de vontade, como se o seu corpo inteiro tivesse virado, de repente, um arco tensionado, dos ombros aos calcanhares, meio erguidos do chão. Em seguida, tombou reto outra vez, com um baque surdo, e um pouco de pó subiu debaixo dele, e meia dúzia de fios de suor, bem separados uns dos outros, começaram a escorrer pelo seu rosto ao mesmo tempo, se entrecruzando em seu caminho. A porta do porão deslizou para trás, de volta à sua ombreira, e a tranca entrou na sua fenda com um estalido ínfimo, que para ele soou como a trombeta do Juízo Final.

Agora, no silêncio, por cima da ondulação de sua própria respiração oscilante, que ia e voltava que nem a maré na beira da praia, soava o contraponto do despertador. Tique-taque, tique-taque, tique-taque, tique-taque.

Durante mais um ou dois minutos, ele conseguiu extrair o máximo de consolo possível da consciência da presença contínua dos dois homens lá em cima. Um eventual passo mais forte aqui e ali, nunca mais de um de cada vez, pois os dois se moviam com uma habilidade maravilhosa, deviam ter um bocado de prática em arrombar e roubar casas. Andavam com muita cautela por força de um antigo costume, mesmo quando já não havia mais necessidade. Só um comentário chegou até Stapp, vindo de algum ponto perto da porta dos fundos:

— Tudo pronto? Vamos sair por aqui.

O rangido de uma dobradiça e depois o horrendo final de uma porta que se fechou atrás deles, a porta dos fundos, que Fran talvez tivesse esquecido de fechar com a chave e pela qual supostamente os dois haviam entrado; e então eles se foram.

Junto com eles, se foi também a sua última ligação com o mundo exterior. Em toda a cidade, eram as duas únicas pessoas que sabiam onde ele estava naquele momento. Ninguém mais, ninguém em parte alguma, sabia onde encontrá-lo. Nem o que aconteceria com ele, caso não fosse encontrado e retirado dali até as três horas. Eram duas e vinte e cinco agora. A descoberta da presença dos ladrões, a luta, a amarração com a corda e a tranqüila partida dos dois, tudo isso acontecera em apenas quinze minutos.

E continuava o tique-taque, tique-taque, tique-taque, tique-taque, tão ritmado, tão sem remorsos, tão *veloz*.

Ele ainda tinha uma hora e vinte e cinco minutos. Tinha oitenta e cinco minutos. Como esse intervalo pode parecer longo quando a gente fica esperando por alguém, numa esquina, na chuva, debaixo de um guarda-chuva — como ele uma vez ficara esperando por Fran, na porta do escritório onde ela trabalhava, antes de casarem, só para descobrir afinal que ela havia passado mal e fora para casa mais cedo naquele dia. Como esse intervalo pode parecer longo quando a gente está estirado num leito de hospital com dores iguais a uma faca dentro da cabeça e sem nada para olhar a não ser as paredes brancas, até que tragam a próxima bandeja de medicamentos — como havia acontecido com ele, quando tivera a concussão cerebral. Como esse intervalo pode parecer longo quando a gente terminou de ler o jornal e uma válvula do rádio está queimada e ainda é muito cedo para ir para a cama. Como esse intervalo pode parecer curto, fugaz, instantâneo, quando ele é todo o tempo que nos resta para viver e vamos morrer quando ele chegar ao fim!

Jamais um despertador andou tão depressa, entre as

centenas que Stapp havia examinado e consertado. Aquele era um despertador demoníaco, seus quartos de hora eram minutos e seus minutos eram segundos. Seu ponteiro de segundos nem chegava a fazer uma pausa em cada um daqueles tracinhos, como devia fazer, passava direto de um para o outro, num movimento perpétuo. Estava zombando dele, não estava contando o tempo direito, alguém tinha de reduzir a sua velocidade, por pouco que fosse! O ponteiro de segundos rodava em disparada, como um cata-vento.

Tique-taque, tique-taque, tique-taque, tique-taque. Ele o interpretava como "lá vou eu, lá vou eu, lá vou eu".

Houve um longo intervalo de silêncio que pareceu durar uma eternidade depois que os dois ladrões saíram. O despertador lhe dizia que tinham se passado só vinte e um minutos. Então, quando faltavam quatro minutos para as duas horas, uma porta abriu sem nenhum aviso — oh, som abençoado, oh, som maravilhoso! —, dessa vez a porta da frente (lá em cima e do *outro* lado do porão), e sapatos de salto alto estalaram acima da sua cabeça como castanholas.

— Fran! — gritou ele. — Fran! — berrou. — Fran! — esbravejou. Mas tudo o que conseguiu lançar para além da mordaça foi uma lamúria abafada que nem alcançou o outro lado do porão. Seu rosto ficou escuro com o esforço que aquilo lhe custara e, de cada lado do seu pescoço palpitante, se estufava um cordão, como uma tala.

O toque-toque-toque seguiu para a cozinha, parou um instante (ela estava pondo as compras sobre a pia; não pedia que entregassem em casa porque teria de dar dez centavos de gorjeta para os garotos de entrega), e voltou de novo. Se pelo menos houvesse alguma coisa que Stapp pudesse chutar, mesmo com os pés amarrados um ao outro, e fazer algum barulho. O chão do porão estava vazio, de ponta a ponta. Ele tentava erguer acima do chão as pernas atadas e depois deixá-las cair com toda a força; talvez o barulho do choque chegasse até ela. Tudo o que

Stapp conseguia era um barulho fraco, amortecido, com uma dor que era duas vezes maior do que bater numa superfície de pedra com a palma da mão nua, e com um som muito menos claro. Seus sapatos tinham saltos de borracha e ele não conseguia inclinar e virar os pés o suficiente para bater contra o chão com a parte de couro da sola. Uma descarga elétrica de dor corria pela parte posterior de suas pernas, atravessava a sua coluna e explodia na nuca, como fogos de artifício.

Nisso, os passos de Fran pararam no ponto onde ficava o armário do vestíbulo (devia estar pendurando o casaco ali), em seguida avançaram rumo à escada que levava ao andar de cima, diminuíram à medida que subiam os degraus. Agora ela estava temporariamente fora do alcance dos barulhos que Stapp pudesse fazer. Mas pelo menos estava dentro de casa, com ele! Aquela solidão terrível terminara. Ele sentiu tamanha gratidão pela proximidade da mulher, sentiu tamanho amor e tamanha necessidade da mulher que agora se perguntava como foi que chegara a pensar que poderia viver sem ela — ainda pouco antes, fazia no máximo uma hora. Percebeu então que devia ter sofrido um acesso de loucura, mas agora estava lúcido, aquela provação o havia trazido de volta à razão. Era só libertá-lo, era só salvá-lo daquele apuro, e ele nunca mais, outra vez...

Duas e cinco. Fran tinha voltado fazia nove minutos. Pronto, já eram dez. De início lentamente, depois cada vez mais depressa, o terror, momentaneamente sufocado pelo regresso da esposa, recomeçou oprimi-lo. Por que ela não descia ao porão para procurar alguma coisa? Será que não havia nada ali de que ela tivesse uma necessidade repentina? Stapp olhou em volta e não havia nada. Não havia nem uma coisa sequer que pudesse trazê-la para baixo. Os dois conservavam o porão tão limpo, tão vazio. Por que não estava amontoado com todo tipo de tralha, como o porão dos outros? Isso poderia ter salvado Stapp agora.

Fran podia muito bem ficar lá em cima a tarde inteira! Podia deitar e tirar um cochilo, podia lavar o cabelo com xampu, podia reformar um vestido velho. Qualquer uma daquelas atividades inofensivas e triviais de uma mulher durante a ausência do marido poderia, agora, tornar-se fatal! Ela podia ter a intenção de ficar lá em cima até a hora de começar a preparar o jantar do marido, e se ela fizesse isso não haveria jantar, nem esposa, nem marido.

Então, de novo, veio um certo alívio. O homem. O homem que ele pretendia destruir junto com ela, *ele* iria salvá-lo. Ele seria o instrumento da sua salvação. Tinha vindo nos outros dias, não tinha? De tarde, enquanto Stapp estava fora de casa, não foi? Então, oh, meu Deus, deixe que ele venha hoje também, que hoje seja um dos dias em que os dois se encontram (e talvez até nem fosse!). Pois, se ele viesse, isso faria Fran descer, ainda que fosse apenas para recebê-lo. E como as chances de salvação seriam infinitamente maiores com dois pares de ouvidos na casa, em vez de um só, para conseguir ouvir qualquer fiapo de som que Stapp conseguisse fazer.

E assim ele se viu na posição anômala de um marido que rezava, implorava, com todas as migalhas de fervor que conseguia arrebanhar, pela vinda, pela materialização de um rival de cuja existência até agora ele apenas suspeitava, da qual nunca tivera certeza.

Duas e onze. Faltavam quarenta e nove minutos. Menos do que demorava para assistir à primeira parte de uma sessão de cinema. Menos do que demorava para cortar o cabelo, se tivesse de esperar a sua vez. Menos do que demorava um almoço de domingo, ou ouvir um programa no rádio, ou uma viagem de ônibus dali até a praia para dar um mergulho. Menos do que todas essas coisas — para viver. Não, não, só restavam *minutos*, não era justo!

— Fran! — esganiçou-se. — Fran, desça aqui! Não está ouvindo?

A mordaça absorvia sua voz como uma esponja.

O telefone tilintou de repente na saleta do primeiro andar, a meio caminho entre ele e ela. Stapp nunca tinha ouvido um som tão maravilhoso em toda a sua vida.

— Graças a Deus! — soluçou, e uma lágrima brotou em cada olho. Devia ser o homem. Isso faria a mulher descer.

Depois, o medo outra vez. E se fosse apenas para avisar que ele não viria? Ou, pior ainda, e se fosse só para pedir a ela que saísse e o encontrasse em algum lugar, em vez de ele vir encontrá-la em casa? Stapp seria abandonado de novo lá embaixo sozinho, com aquele horror tique-taqueando bem na sua frente. Nunca houve uma criança tão aterrorizada com a perspectiva de se ver sozinha no escuro, de ver seus pais apagarem a luz e deixá-la à mercê do bicho-papão como aquele adulto diante da idéia de que a esposa ia sair de casa e deixá-lo para trás.

O telefone continuou a tocar por mais um tempo, depois ele ouviu os passos rápidos da mulher que desciam a escada para atender. Stapp conseguia ouvir todas as palavras que ela dizia. Lá de baixo, onde ele estava. Aquelas casas baratas feitas de palitos de fósforos.

— Alô? Sim, Dave. Acabei de chegar.

Depois:

— Ah, Dave, estou tão desnorteada. Eu tinha dezessete dólares lá em cima, na gaveta da minha cômoda, e o dinheiro sumiu, e o relógio de pulso que Paul me deu também sumiu. Não está faltando mais nada, mas me parece que alguém entrou aqui em casa enquanto eu estava fora e nos roubou.

Stapp quase se retorceu de prazer lá embaixo, onde estava. A esposa sabia que tinham sido roubados! Agora ia chamar a polícia! Sem dúvida iam dar uma busca na casa inteira, sem dúvida iam olhar ali embaixo e encontrá-lo!

O homem com quem Fran estava falando devia ter perguntado se tinha certeza.

— Bem, vou procurar outra vez, mas sei que sumiu. Sei exatamente onde eu tinha deixado, e não está mais lá. Paul vai ter um ataque.

Não, Paul não ia ter ataque nenhum; bastava ela descer ao porão e libertá-lo que Paul ia perdoar tudo, mesmo o pecado mortal de deixar que roubassem o dinheiro que ele havia ganhado com o suor do seu trabalho.

Então ela disse:

— Não, eu ainda não dei queixa à polícia. Acho que devia fazer isso, mas a idéia não me agrada... por sua causa, você sabe. Vou telefonar para o Paul, na relojoaria. A única possibilidade é ele ter pegado o dinheiro e o relógio quando saiu de manhã. Lembro que outra noite falei para ele que o relógio estava atrasando; vai ver ele quis dar uma olhada. Bem, não importa, Dave, venha para cá, então.

Portanto ele estava vindo, assim Stapp não ia ser deixado sozinho naquela casa; baforadas quentes de alívio batiam de encontro à mordaça encharcada sob o céu da boca.

Houve uma pausa enquanto ela desligava o telefone. Em seguida, ouviu a esposa ligar para o número da relojoaria, "Trevelyan 4512", e esperar enquanto a campainha tocava e, é claro, ninguém atendeu.

Tique-taque, tique-taque, tique-taque.

A telefonista devia ter dito a ela, afinal, que ninguém atendia.

— Bem, continue tentando — ouviu a esposa falar. — É a loja do meu marido, ele está sempre lá neste horário.

Stapp berrou no silêncio terrível.

— Estou bem aqui, debaixo dos seus pés! Não perca tempo! Pelo amor de Deus, largue o telefone, desça aqui!

Por fim, quando o insucesso da ligação foi comunicado mais uma vez, ela desligou. Até o som oco daquele gesto, igual ao barulho de uma ventosa, chegou aos ouvidos de Stapp. Ah, tudo chegava até ele — exceto ajuda. Era uma tortura que um Grande Inquisidor teria invejado.

Stapp ouviu os passos da esposa afastando-se do telefone. Será que não ia imaginar que a ausência dele do lugar onde deveria estar significava que alguma coisa estava errada? Será que ela não ia descer e dar uma olhada no porão? (Ah, por onde andava a tal intuição feminina daquela mulher, de que tanto falavam?!) Não, como alguém poderia esperar que Fran fizesse isso? Que ligação poderia haver, na mente dela, entre o porão da casa deles e o fato de o marido não estar no trabalho? Na certa, Fran nem ficara preocupada, por enquanto, com a ausência do marido. Se já fosse de noite, seria diferente; mas naquela hora do dia... Ele podia ter saído mais tarde para almoçar, podia ter de fazer alguma entrega.

Stapp ouviu seus passos subindo a escada de novo, provavelmente para retomar a busca do dinheiro e do relógio desaparecidos. Lamuriou-se em frustração. Estava tão isolado da esposa enquanto ela ficasse lá em cima como se a esposa estivesse a milhas de distância, em vez de estar exatamente acima, numa linha reta.

Tique-taque, tique-taque. Eram duas e vinte e um agora. Restavam mais meia hora e nove escassos minutos. E eles tiquetaqueavam com a prodigalidade das gotas de uma chuva tropical sobre um telhado de zinco.

Stapp não parava de puxar e forçar o cano onde estava amarrado, e depois caía de volta, exausto, para descansar um pouco, para depois lutar e forçar mais uma vez. Fazia isso num ritmo tão recorrente quanto o ritmo do tique-taque do despertador, só que mais espaçadamente. Como é que simples cordas podiam prender de uma forma tão implacável? Cada vez que ele tombava mais exausto, estava menos capaz de lutar contra elas do que na vez anterior. Pois Stapp não era feito de pequenos cordões de cânhamo, era feito de camadas de pele fina, que se rompiam uma a uma, davam uma dor causticante e, por fim, sangravam.

A campainha soou bem alto. O homem entrou. Em menos de dez minutos depois de sua conversa por telefone, ele chegara à casa. O peito de Stapp começou a subir e baixar com uma esperança renovada. Agora suas chances eram boas de novo. Duas vezes melhores do que antes, com duas pessoas em casa em vez de uma só. Quatro ouvidos em vez de dois, para ouvir o mínimo ruído que ele fosse capaz de emitir. E Stapp tinha de encontrar um meio de fazer um barulho. Deu a sua bênção ao estranho, enquanto ele ficava na porta, à espera de que viessem atender. Agradeço a Deus por esse admirador ou seja lá o que for, agradeço a Deus por esse encontro de amantes. Stapp daria a ambos a sua bênção, se eles quisessem, e todos os seus bens mundanos; tudo, tudo, se eles o encontrassem, o libertassem.

A esposa desceu a escada depressa outra vez e seus passos se apressaram para chegar ao saguão. A porta da frente abriu.

— Oi, Dave — disse ela, e ele ouviu, bem nítido, o som de um beijo. Um desses beijos barulhentos e sem timidez, que denotam antes cordialidade do que intriga.

Uma voz de homem, alta, ressoante, perguntou:

— E então, ainda não apareceu?

— Não, e já procurei por todo lado — ouviu a esposa dizer. — Tentei ligar para Paul depois que falei com você e ele tinha saído para almoçar.

— Bem, dezessete dólares não saem andando para fora de casa sozinhos, sem que alguém dê uma mãozinha.

Por causa de dezessete dólares eles ficavam lá jogando a vida de Stapp pelo ralo — e a vida deles também, aliás, mas que imbecis!

— Vão achar que fui eu que fiz isso, imagino — ouviu o homem dizer, com uma nota de amargura.

— Não diga coisas assim — censurou ela. — Vamos para a cozinha que vou preparar uma xícara de café para você.

O passo rápido e decidido da esposa avançou primeiro, seguido pelo passo dele, mais pesado, mais lento. Houve o barulho de duas cadeiras arrastadas e os passos do homem silenciaram de todo. Os passos dela continuaram a ir e vir, atarefados, por um tempo, na curta órbita entre o fogão e a mesa.

O que iam fazer, ficar ali *sentados* durante a próxima meia hora? Será que ele não conseguiria *forçar* os dois a ouvi-lo de algum jeito? Tentou pigarrear, tossir. Sentiu uma dor feroz, porque o pano estava áspero devido à grande pressão. Mas a mordaça abafou até a sua tosse, que virou uma espécie de ronronar velado.

Faltavam vinte e seis minutos para as três horas. Agora, era só uma questão de minutos; nem chegava mais a meia hora completa.

Os passos da mulher pararam, afinal, e uma cadeira se deslocou de leve quando ela sentou à mesa junto ao homem. Havia um piso de linóleo em redor do fogão, e isso encobria um pouco aqueles ruídos amortecidos, mas a parte central da cozinha, onde ficava a mesa, tinha um piso de tábuas de pinho comuns. Deixava o som vazar com uma clareza cristalina.

Ele a ouviu dizer:

— Não acha que a gente devia contar para o Paul sobre... nós?

O homem não respondeu por um momento. Talvez estivesse pegando uma colher de açúcar, ou pensando no que a mulher havia falado. Por fim, perguntou:

— Que tipo de sujeito ele é?

— Paul não é intolerante — respondeu ela. — É muito justo e de espírito aberto.

Mesmo em seu desespero, Stapp tinha a vaga consciência de uma coisa: não parecia nem um pouco a sua esposa. Não que ela falasse bem dele, mas que fosse capaz de tratar daquele assunto com aquele homem de maneira tão calma, tão isenta. Ela sempre se mostrara muito recatada e um tanto pudica. Aquilo demandava um traquejo nas coisas da vida que ele desconhecia na esposa.

O homem estava em dúvida a respeito de contar ou não para Paul o segredo deles, pelo menos não falou mais nada. Sua esposa prosseguiu, como se tentasse convencê-lo:

— Você não tem o que temer da parte do Paul, Dave. Eu o conheço muito bem. Você não está vendo que não podemos continuar deste jeito? É melhor irmos nós dois até ele e contar sobre você, antes que ele descubra sozinho. É possível que ele pense uma coisa completamente diferente e fique quieto, não fale nada, se remoendo por dentro, e me tratando mal por causa disso, a menos que a gente explique tudo. Sei que ele não acreditou em mim naquela noite em que ajudei você a encontrar um quarto para alugar e lhe disse que tinha ido ao cinema. E fico muito nervosa e perturbada toda vez que ele chega em casa de noite, é incrível que ele não tenha reparado nisso. Eu me sinto culpada como se... como se eu fosse uma dessas esposas infiéis que andam por aí. — Riu, embaraçada, como que se desculpando com o homem por fazer tal comparação.

O que ela queria dizer?

— Jamais contou para ele sobre mim?

— Você quer dizer, no início? Ah, contei que você se meteu numa ou duas brigas, mas, como um tolo, deixei que ele pensasse que eu tinha perdido você de vista, que não sabia mais por onde andava.

Puxa, era do próprio irmão que ela havia falado!

O homem sentado ali em cima, com a sua esposa, confirmou aquilo, no mesmo instante em que o pensamento irrompeu na mente de Stapp.

— Sei que é difícil para você, mana. Tem um casamento feliz e tudo. Não tenho direito de chegar de repente e estragar a sua vida. Ninguém tem orgulho de um presidiário foragido, de um irmão que...

— David — ouviu a mulher falar, e mesmo através do chão se percebia em sua voz um tal timbre de seriedade que Stapp quase conseguiu visualizar a esposa esticando a mão sobre a mesa e colocando-a em cima da mão do irmão, num gesto tranqüilizador —, não há nada que eu não faça por você, e a esta altura você já deveria saber disso. As circunstâncias foram contrárias a você, foi só isso o que aconteceu. Não devia ter feito o que fez, mas não adianta chorar sobre o leite derramado e agora não

tem mais sentido ficar preso a essas coisas que já terminaram.
— Acho que vou ter de voltar e terminar minha pena. Mas são sete anos, Fran, sete anos da vida de um homem...
— Só que deste jeito que está agora você não tem vida nenhuma...
Será que iam continuar com aquela conversa a vida inteira? Faltavam dezenove para as três. Um quarto de hora e mais quatro minutos!
— Antes que você diga qualquer outra coisa, vamos agora até o centro da cidade esclarecer tudo com Paul, ouvir o que ele diz. — Uma cadeira foi arrastada para trás, depois a outra. Ele pôde ouvir o barulho da louça batendo, como se fosse amontoada dentro de um saco. — Vou lavar depois, quando voltar — comentou a esposa.
Iam sair outra vez? Iam deixá-lo para trás, sozinho, quando faltavam só alguns minutos?
Os passos deles já tinham chegado ao vestíbulo agora, detiveram-se um momento, indecisos.
— Não gosto da idéia de você ser vista comigo na rua, em plena luz do dia, assim pode arranjar alguma encrenca para você mesma, sabe disso. Por que não telefona para ele e pede que venha para cá?
Sim, sim, gemeu Stapp. Fiquem comigo! Fiquem!
— Não tenho medo — respondeu ela, com galhardia. — Não gosto de pedir que ele deixe o serviço neste horário, e não posso falar tudo pelo telefone. Espere um instante, vou pegar meu chapéu. — Os passos dela se afastaram, momentaneamente, dos passos do irmão, depois se uniram de novo.
Tomado pelo pânico, Stapp fez a única coisa que conseguiu pensar. Bateu violentamente com a parte de trás da cabeça no cano duro a que estava amarrado.
Uma chapa de fogo azul explodiu diante dos seus olhos. Devia ter atingido um dos pontos já feridos pelos golpes dos ladrões. A dor foi tão excruciante que ele soube não ser possível repetir a tentativa. Mas os dois deviam

ter ouvido alguma coisa, algum baque surdo ou reverberação devia ter subido pelo cano. Ouviu a mulher parar por um instante e dizer:

— O que foi isso?

E o homem, de sentidos menos aguçados do que ela e, sem querer, matando Stapp, respondeu:

— O quê? Não ouvi nada.

Ela acatou essa opinião, continuou a andar rumo ao armário do vestíbulo para pegar o casaco. Em seguida seus passos refizeram o caminho de antes, pela sala até a cozinha.

— Espere um instantinho, quero ter certeza de que a porta de trás está fechada. Veja só, fechar a porteira depois que o cavalo fugiu!

E ela voltou de novo para a parte da frente da casa, pela última vez, veio o barulho da porta da frente que se abriu, a mulher atravessou a porta, o homem a seguiu, a porta se fechou, e os dois se foram. Ouviu-se o débil ronco do motor de um carro ao ser ligado, lá fora, na rua.

E então ele foi deixado sozinho pela segunda vez, com o seu Juízo Final particular, pessoal, e em retrospecto a primeira vez pareceu um paraíso comparada com essa, pois antes ele tivera uma hora inteira para esperar, era rico em tempo, e agora tinha só quinze minutos, um mísero quarto de hora.

Não fazia mais nenhum sentido lutar. Tinha descoberto isso muito tempo antes. Não conseguiria, aliás, mesmo se quisesse. Chamas pareciam lamber languidamente seus pulsos e tornozelos.

Encontrara agora uma espécie de paliativo, o único meio que restara. Ficava com os olhos voltados para baixo e fingia que os ponteiros se moviam mais devagar do que se moviam de fato, era melhor do que olhar para os ponteiros o tempo todo, pelo menos isso embotava um pouco do terror. Do tique-taque ele não podia esquivar-se. É claro que de vez em quando, nos momentos em que não conseguia resistir à tentação de olhar e conferir seus cálculos, havia um renovado ataque de aflição, mas parecia mais suportável quando ele dizia, nos intervalos:

— Só passou meio minuto desde a última vez que olhei.

Em seguida se mantinha com os olhos voltados para baixo o maior tempo que conseguia, porém quando não podia agüentar mais, e era obrigado a erguer os olhos para ver se tinha razão, haviam se passado *dois* minutos. E aí ele tinha um tremendo ataque de histeria, em que clamava a Deus, e até à sua mãe já falecida havia muito tempo, para ajudá-lo, sem conseguir enxergar direito através das lágrimas. Depois ele se recompunha de novo, até certo ponto, e recomeçava a se iludir outra vez.

— Só se passaram trinta segundos desde que olhei pela última vez... Agora passou um minuto... — (Mas era mesmo? Era mesmo isso?) E assim sucessivamente, numa lenta ascensão até o próximo clímax de terror e a próxima queda no abismo.

Então, de súbito, o mundo exterior se intrometeu outra vez, aquele mundo de que ele estava tão isolado que já parecia muito distante, muito irreal, como se Stapp já estivesse morto. A campainha tocou.

A princípio, ele não teve nenhuma esperança com aqueles chamados. Talvez algum vendedor de porta em porta — não, era um toque de campainha muito agressivo para um vendedor. Era o tipo de toque que exigia ser atendido e recebido logo, por direito, e não por um favor. Tocou de novo. Quem quer que estivesse tocando a campainha estava com uma impaciência brutal e não queria que o fizessem esperar. Um terceiro toque vibrou a campainha, dessa vez uma autêntica explosão que durou meio minuto. A pessoa parecia ter deixado o dedo pressionado contra o botão o tempo todo. Depois, quando o estrépito afinal parou, uma voz chamou com força:

— Tem alguém em casa? Companhia de gás!

E de repente Stapp tremeu todo, quase ganiu em seu desespero.

Esta era a visita que faltava, o único incidente em toda a rotina doméstica, desde o início da manhã até o fim da noite, que podia, de algum modo, trazer alguém lá para o porão! O relógio do gás estava ali, na parede, ao lado da escada, bem de frente para ele! E o irmão da sua esposa tivera de levá-la para fora de casa logo naquela hora! Não havia ninguém para deixar o homem do gás entrar.

Houve o movimento impaciente de um par de pés sobre o piso de cimento. O homem deve ter descido do alpendre para aumentar o ângulo de visão e poder observar as janelas do segundo andar. E por um momento fugaz, enquanto arrastava os pés para lá e para cá na frente da casa, na calçada e além dela, Stapp chegou a entrever, num borrão, as canelas do homem por trás da janelinha embaçada, ao nível do chão, por onde a luz entrava no porão. Bastava que o possível salvador se agachasse e espiasse lá embaixo, através da janelinha, para ver Stapp amarrado ao cano. E o resto seria muito fácil!

Por que não fazia isso, por quê? Mas obviamente o homem não esperava que houvesse alguém no porão de uma casa em que o seu triplo toque de campainha ficara sem ser atendido. As torturantes pernas da calça saíram do seu raio de visão outra vez, a janelinha ficou vazia. Um pouco de saliva filtrou-se pelo bolo de pano na boca distendida de Stapp, gotejou em silêncio pelo seu palpitante lábio inferior.

O fiscal do gás tocou a campainha mais uma vez, como que dando vazão à sua frustração por se ver rejeitado, contra todas as expectativas de que seria rapidamente atendido àquela altura do seu dia de trabalho. Deu vários golpes curtos no botão, como se fosse uma tecla de telégrafo. Bip-bip-bip-bip-bip. Em seguida, chamou em voz alta, chateado, obviamente para contentar algum auxiliar que, fora de vista, o aguardava num caminhão, parado na beira da rua.

— Nunca estão em casa quando a gente quer!

Houve um único passo no cimento, se afastando da casa. Depois o ronco de um caminhão pequeno indo embora.

Stapp morreu um pouco. Não metaforicamente, mas literalmente. Os braços e as pernas esfriaram até o cotovelo e o joelho, o coração pareceu bater mais devagar, e ele teve dificuldade de respirar fundo; mais saliva escapuliu e escorreu pelo queixo, e a cabeça tombou para a frente e ficou encostada no peito, por um tempo, imóvel.

Tique-taque, tique-taque, tique-taque, tique-taque. O barulho acordou-o depois de um intervalo, como se fosse algo benéfico com cheiro de sais ou de amônia, em vez de parecer maligno, como era na verdade.

Stapp notou que sua mente começava a devanear. Não muito, por enquanto, mas de vez em quando lhe vinham fantasias estranhas. Uma vez pensou que o seu *rosto* era o mostrador do despertador e aquela coisa que ele estava olhando ali na sua frente era o seu próprio rosto. O pino no meio que segurava os dois ponteiros se transformou no seu nariz, e o dez e o dois, perto do topo, se transformaram nos seus olhos, e ele tinha barba e cabelo vermelhos e feitos de lata e bem em cima da cabeça um sininho redondo que fazia as vezes de um chapéu.

— Puxa, como estou gozado — soluçou, entorpecido. E se apanhou contraindo os músculos do rosto, como se tentasse parar os dois ponteiros que estavam pregados nele, antes que avançassem demais e matassem aquele homem lá embaixo, que bafejava tão metalicamente, tique-taque, tique-taque.

Então ele virou e revirou aquela idéia maluca até que viu que não passava de mais um mecanismo de fuga. Uma vez que não conseguia controlar o despertador ali adiante, Stapp tentara transformá-lo numa outra coisa. Outra fantasia foi representar aquela provação como um castigo pelo que ele havia tentado fazer com a esposa, imaginar que ele estava ali amarrado não por cordas inanimadas, mas por alguma entidade ativa e punitiva, e que se ele demonstrasse arrependimento, desse provas de remorsos num grau adequado, conseguiria automaticamente a sua libertação. Assim ele repetia em gemidos, sem parar, no silêncio da sua garganta sufocada:

— Desculpe. Não vou fazer isso de novo. Deixe que eu saia, só desta vez, já aprendi minha lição, nunca mais farei isso.

O mundo exterior voltou novamente. Agora era o telefone. Na certa era Fran, que, com o irmão, tentava descobrir se ele tinha voltado para casa durante a ausência deles. Tinham achado a loja fechada, deviam ter esperado na porta por um tempo e depois, como ele não aparecia, ficaram sem entender o que se passava. Agora ela estava telefonando para casa de alguma cabine telefônica próxima, para ver se ele estava doente e havia voltado no intervalo. Como ninguém atendeu, isso significaria para eles, certamente, que alguma coisa estava errada. Quem sabe não iam voltar para saber o que tinha acontecido com ele?

Mas por que iriam pensar que ele estava ali na casa, se não atendia o telefone? Como poderiam imaginar que estava o tempo todo no porão? Iriam ficar vagando pela rua, perto da loja, por mais algum tempo à espera dele, até que o tempo passasse e Fran ficasse preocupada de verdade, e quem sabe eles iriam procurar a polícia? (Mas isso só ia acontecer dali a várias horas, de que ia adiantar?) Procurariam por ele em toda parte, menos no porão. Quando uma pessoa é considerada desaparecida, o último lugar em que a procuram é na sua própria casa.

O telefone parou de tocar, afinal, e a sua última vibração pareceu perdurar suavemente no ar sem vida ainda muito depois de ter parado de tocar, zumbindo num círculo cada vez mais largo, como uma pedra jogada num poço de água parada. *Mmmmmmmm*, até sumir e o silêncio voltar de roldão na sua esteira.

Fran devia estar do lado de fora da cabine telefônica ou onde quer que tivesse telefonado para ele, nessa altura. Voltando para perto do irmão, onde ele a esperava. Comunicando:

— Também não está em casa. — E acrescentaria um comentário ameno, ainda despreocupado: — Não é estranho? Onde é que ele pode ter se metido?

Em seguida os dois voltariam e ficariam à espera na porta da loja trancada, calmos, seguros, fora de perigo. Fran bateria com o pé no chão de vez em quando, num sinal de leve impaciência, olharia para os dois lados da rua, enquanto conversavam.

E agora *eles* seriam algumas daquelas pessoas distraídas que às três horas iam parar um minuto e dizer uma para a outra:

— O que foi isso?

E Fran poderia ainda acrescentar:

— Parece ter vindo do nosso lado.

Iria se resumir a isso e mais nada o comentário deles a respeito do seu falecimento.

Tique-taque, tique-taque, tique-taque. Faltavam nove minutos para as três horas. Ah, que número adorável era o nove. Que ficasse no nove para sempre, nunca chegasse ao oito, ou ao sete, nove, nove para a eternidade. Que o tempo parasse, que ele pudesse respirar, mesmo que o mundo todo à sua volta se desfizesse, se deteriorasse. Mas não, já estava no oito. O ponteiro havia cruzado o abismo branco entre os dois tracinhos pretos. Ah, que número precioso era o oito, tão redondo, tão simétrico. Que ficasse no oito para sempre...

Uma voz de mulher gritou num tom ríspido de repreensão, em algum lugar lá fora.

— Tome cuidado com o que está fazendo, Bobby, ou vai quebrar uma janela! — Ela estava a uma certa distância, mas o tom ditatorial era ouvido claramente.

Stapp viu a forma borrada de uma bola bater na janelinha do porão, ele estava olhando para lá, pois a voz da mulher tinha chegado até ele por aquela janelinha. Na certa era só uma bola de tênis, mas por um instante sua silhueta preta se delineou por trás do vidro sujo, como uma pequena bola de canhão; pareceu ficar ali em suspenso, grudar no vidro, então caiu para trás, na terra. Se fosse um vidro comum, teria quebrado, mas a tela de arame o impediu.

O menino chegou perto da janelinha para pegar a sua bola. Era um menino tão pequeno que Stapp pôde ver o seu corpo inteiro na altura do vidro, só a cabeça foi cortada. Ele se curvou para pegar a bola e então a sua cabeça também entrou no raio de visão de Stapp. Tinha curtos cachos dourados. Seu perfil estava virado para ele, olhando para baixo, para a bola. Era o primeiro rosto humano que via desde que o tinham deixado ali embaixo. Parecia um anjo. Mas um anjo desatento, despreocupado.

Ele viu mais alguma coisa quando estava curvado para baixo, perto do chão, uma pedra ou algum objeto o atraiu, e ele o pegou também e olhou para aquilo, ainda de cócoras, por fim jogou-o longe, sem cuidado, por cima do ombro, o que quer que fosse.

A voz da mulher estava agora mais perto, ao alcance, na certa ela vinha andando pela calçada, bem em frente à casa.

— Bobby, pare de jogar coisas desse jeito, vai acertar em alguém!

Se o garoto pelo menos virasse a cabeça para lá, poderia olhar para dentro, poderia ver Stapp! O vidro não estava encardido a ponto de o impedir. Stapp começou a revirar a cabeça com violência de um lado para o outro, na esperança de que a agitação fosse atrair o olhar da criança. Pode ter sido isso, ou então a sua curiosidade natural pode ter levado o menino a espiar lá dentro, mesmo sem perceber aqueles movimentos. Ele virou a cabeça de repente e olhou direto através da janelinha. De início, sem nenhuma reação — Stapp pôde perceber pela expressão vazia nos olhos do garoto.

Ele remexia a cabeça cada vez mais depressa. O garoto ergueu a palma da mão gorducha e desajeitada e esfregou o vidro, abrindo uma área limpa para espiar por ali. Agora o menino podia vê-lo, agora não tinha dúvida!

O garoto não viu nada, ainda, por um segundo. Talvez estivesse muito mais escuro lá embaixo do que do lado de fora e a luz vinha por trás.

A voz da mulher soou, numa repreensão severa:

— Booby, o que está fazendo aí?

E então de repente ele o viu. As pupilas dos seus olhos moveram-se um pouco, até pararem em cheio sobre ele. A curiosidade tomou o lugar da indiferença. Nada é estranho para as crianças — tanto um homem amarrado num porão como qualquer outra coisa — e ao mesmo tempo tudo é estranho para elas. Tudo produz espanto, atiça comentários, requer explicações. Será que o garoto não ia contar nada para a mãe? Será que não sabia falar? Já parecia crescido o bastante para saber falar; ela, a mãe, não parava de falar.

— Bobby, saia já daí!

— Mãe, olha só aqui! — falou, muito alegre.

Stapp não podia mais enxergar com clareza, sacudia a cabeça depressa demais. Estava tonto, como a gente fica quando acaba de descer de um carrossel; a janelinha e o menino que ela emoldurava continuavam a balançar diante dele num semicírculo, primeiro muito rápido para um lado, depois muito rápido para o outro lado.

Mas será que o garoto não ia entender, não ia entender que aquele sacolejar da cabeça significava que ele queria se libertar? Mesmo que as cordas em torno dos pulsos e dos tornozelos nada significassem para o menino, mesmo se não soubesse o que era uma mordaça em cima da boca, devia saber que quando alguém se remexia daquele jeito era porque queria se soltar. Ah, meu Deus, se a criança pelo menos fosse dois anos mais velha, três anos no máximo! Uma criança de oito anos, hoje em dia, teria entendido e dado o alarme.

— Bobby, você não vem? Estou esperando!

Se Stapp ao menos conseguisse prender a atenção do menino, mantê-lo parado ali por um tempo suficiente para que a mãe, diante da desobediência do filho, com certeza viesse ali buscá-lo e então visse Stapp ela mesma, na hora em que tentava verificar qual seria o motivo do fascínio do garoto.

Stapp revirou os olhos para o menino num desespero cômico, piscou, torceu, envesgou. Um sorriso maroto se estampava agora na cara do menino; já achava graça num defeito físico, ou na hipótese de um defeito físico, mesmo em idade ainda tão precoce.

Uma mão adulta de repente surgiu, de modo brusco, do canto superior direito da janelinha, segurou o pulso do garoto, puxou o braço para cima, fora do seu raio de visão.

— Mãe, olhe ali! — repetiu o menino, e apontou com a outra mão. — Tem um homem gozado todo amarrado.

A voz adulta, sensata, lógica, impassível — desatenta às fantasias e aos caprichos de uma criança — respondeu:

— Escute, isso não é bonito. Mamãe não pode espiar a casa dos outros feito você.

A criança foi posta de pé com um leve puxão pela ponta do braço, a cabeça sumiu acima da janelinha. O corpo foi girado de costas para ele; por um instante mais longo, Stapp pôde ver o vão na parte de trás dos joelhos do garoto, depois a figura do menino borrada no vidro recuou e se foi. Só restou a área no vidro que o garoto havia limpado com a mão, para zombar de Stapp em seu martírio.

A vontade de viver é uma coisa invencível. Agora ele já estava mais morto do que vivo, se bem que começava a rastejar mais uma vez para fora do abismo do seu desespero, sempre uma distância mais longa e um rastejar mais lento a cada vez, como um inseto incansável que enterram na areia repetidas vezes, mas que sempre consegue abrir o seu caminho de volta.

Stapp, afinal, virou a cabeça para o despertador. Não conseguira lançar nem um olhar para ele durante todo o tempo em que o menino ficara ao alcance dos seus olhos. E agora, para o seu horror, o despertador marcava três minutos para as três horas. Houve um novo e definitivo esmagamento do inseto encolhido em sua toca, inseto que vinha a ser a sua esperança, como que esmagado por um ocioso cruel que se deita para relaxar numa praia.

Stapp não conseguia mais *sentir* — nem terror, nem esperança, nem nada. Uma espécie de torpor tomou conta dele, restando um núcleo de consciência luminosa, que vinha a ser a sua mente. *Aquilo* era tudo que a explosão seria capaz de apagar, quando chegasse a hora. Era como arrancar um dente com a ajuda de novocaína. Só restava dele, agora, aquele nervo pulsante de premonição; todo o tecido em volta estava congelado. O pressentimento da morte tão longamente adiada era em si mesmo o seu anestésico.

Agora já era tarde demais até para tentar se libertar, antes de deter a coisa. Se alguém descesse a escada naquele instante, com uma faca afiada na mão para cortar suas amarras, só daria tempo para ele se jogar sobre a bomba e desligá-la. E agora... agora já era tarde demais até para isso, tarde demais para qualquer coisa, a não ser morrer.

Ele emitia uns barulhos de bicho, do fundo da garganta, enquanto o ponteiro dos minutos lentamente se unia ao tracinho que marcava o número doze. Sons guturais como os de um cachorro que rói um osso, embora a mordaça impedisse que os sons subissem com pleno volume. Franziu os olhos com apreensão, apertou-os até tomarem a forma de fendas — como se fechar os olhos pudesse evitar, atenuar, a força terrível do que estava para vir! Algo no fundo dele, que Stapp não tinha calma nem capacidade para saber o que era, pareceu recuar por corredores compridos e escuros, para longe do Juízo Final iminente. Stapp não sabia que existiam dentro dele aqueles convenientes corredores de fuga, com suas curvas e ângulos protetores que aumentavam a distância entre ele e a ameaça. Ah, sagaz arquiteto da Mente, ah, misericordiosas plantas arquitetônicas que tornam acessíveis tais saídas de emergência. Na direção delas, corria aquela coisa, que era ele e no entanto não era ele; rumo ao refúgio, à segurança, rumo à luz, ao brilho do sol, ao riso, que o esperavam. O ponteiro no mostrador ficou parado, reto, perpendicular, um ângulo reto perfeito em relação ao seu corolário, enquanto os segundos velozes, que eram tudo o que restava para viver, tiquetaqueavam sem parar e passavam. Agora o ponteiro já não estava mais tão na vertical, mas ele não percebeu isso, Stapp já se achava num estado de morte. O branco reapareceu entre o ponteiro e o tracinho do número doze, *além* dele agora. Passava um minuto das três horas. Stapp tremeu inteiro, dos pés à cabeça — não de medo, mas com uma risada.

O riso irrompeu em alto e bom som quando retiraram a mordaça encharcada e ensangüentada, como se eles estivessem arrancando a gargalhada lá de dentro, por trás da mordaça, por meio de sucção ou osmose.

— Não, não soltem as cordas ainda! — o homem de branco advertiu o policial, em tom ríspido. — Espere que tragam a camisa-de-força, senão você vai ficar na maior encrenca.

Fran falou, entre lágrimas, com as mãos em concha sobre as orelhas:

— Não podem fazê-lo parar de rir desse jeito? Eu não agüento mais. Por que ele fica rindo assim?

— Senhora, ele está fora de si — explicou o médico residente, com paciência.

O despertador indicava que eram sete e cinco.

— O que tem nessa caixa? — perguntou o policial, e chutou-a com displicência. A caixa deslizou um pouco, de leve, junto à parede, arrastando consigo o despertador.

— Nada — disse a esposa de Stapp, entre soluços e por cima do riso incessante dele. — É só uma caixa vazia. Tinha uma espécie de fertilizante aí dentro, mas eu o retirei e usei nas flores... Andei tentando cultivar um jardim nos fundos da casa.

HOMICÍDIO TROCADO

Quem hesita é preso.

Crânio Donleavy, no início de uma noite, em Chicago, resolveu visitar o seu amigo Sumiço Williams. Para a ocasião, vestiu um sobretudo azul-escuro em forma de ampulheta, chapéu-coco na altura da sobrancelha e um coldre axilar para uma arma calibre .38. Como era um anoitecer ventoso, ele teria se resfriado sem qualquer um desses três itens, em especial o último.

Ele e Sumiço se conheciam havia muitos anos. Tinham trabalhado tanto juntos que eram, por força das circunstâncias, grandes amigos; a arma calibre .38, portanto, era só um hábito, não uma precaução. Sumiço, para ser exato, não era o nome de batismo do distinto cidadão. Embora ele fosse famoso por sumir, desaparecer em pleno ar, durante longos intervalos, o seu apelido não derivava dessa característica também. Foi tomado de um jogo de azar, o modesto passatempo de jogar dados, no qual a expressão "sumiço" significa que um jogador pretende cobrir a aposta do outro — apostar uma soma igual —, em outras palavras, arriscar a sorte.

Não que Sumiço jogasse dados; havia maneiras maiores e melhores de ganhar dinheiro. Ele era um doutor semiprofissional do álibi, um craque na linha de defesa, um organizador de operações de cobertura. Embora honorários bem polpudos resultassem de seus hábeis malabarismos com tempo, lugar e circunstância, sua posição de amador deve ser enfatizada; seu nome não constava na lista telefônica comercial e ele não tinha nenhuma tabuleta anunciando os seus serviços. Sumiço tinha de conhecer o seu cliente; não era só você vir da rua, assinar um contrato e sair levando um álibi muito bem-feito, dentro de um envelope de papel pardo. Uma presença constante demais no banco das testemunhas, ajudando a limpar a barra de pessoas "erroneamente" acusadas de cometer algum crime, podia levar a Justiça a olhar para o Sumiço com desconfiança depois de um tempo.

Mas a média de comparecimento de Sumiço era bastante razoável, e fechar um negócio com ele era quase o mesmo que comprar a imunidade no final do processo. Era por isso que Crânio Donleavy ia encontrá-lo naquele momento, tendo em mente um homicídio.

Crânio ficaria indignado se ouvisse alguém chamar aquilo de homicídio. Para ele, era só um "acerto de contas". Homicídio era o nome que se dava quando outras pessoas matavam, não ele. Nenhum dos doze casos que constavam no seu crédito havia deixado de ter um motivo ou uma razão justa, no seu modo de ver. Nunca matara só por matar, nem para lucrar; pura e simplesmente, ele tinha uma capacidade quase paquidérmica de guardar rancor.

Por mais implacável que ele pudesse ser quando se tratava de acertar contas antigas, havia também um largo veio de sentimentalidade na sua constituição. Um filme mudo sentimentalóide podia trazer lágrimas aos seus olhos, se a sua cerveja tivesse recebido o batismo de uma boa dose de uísque. Era conhecido por jogar pedras nas vidraças dos açougues de madrugada, só para soltar os filhotes de gato presos e trancados lá dentro. De todo modo, ele acabou chegando a um dos botecos mais sujos que infestam o bairro de Loop; uma tabuleta com a inscrição O OÁSIS rebrilhava por cima dele, em letras formadas por um tubo luminoso vermelho. Não era um clube noturno ou um cabaré, só uma cervejaria que Sumiço usava como fachada. Um aparelho de rádio garantia o entretenimento. O garçom balançou a cabeça para indagar:

— O que é que vai ser?
— Vai ser o chefe — respondeu Crânio. — Diz para ele que é o Donleavy.

O garçom não saiu do lugar, apenas curvou-se como que para dar uma espiada no estoque guardado embaixo do balcão. Os lábios moveram-se sem fazer ruído, ele endireitou o corpo e o polegar despontou do seu punho cerrado.

— Vai reto aqui por trás — falou. — Está vendo a porta ali?

Crânio foi até lá. Bem antes de chegar, a porta se abriu e Sumiço estava lá, de pé, para lhe dar as boas-vindas.

— Como vai, garoto? — falou, em tom hospitaleiro.
— Tenho que falar uma coisa com você — disse Crânio.
— Claro — respondeu Sumiço. — Entre logo. — Guiou-o através da porta com um braço amigo sobre o ombro, olhou para trás, para conferir a situação do lado de fora mais uma vez, depois fechou a porta.

Havia um pequeno corredor com uma cabine telefônica de cada lado, que terminava na porta do escritório de Sumiço. A cabine do lado esquerdo tinha uma placa com a inscrição COM DEFEITO pendurada. Ao passar, Crânio roçou na placa, que caiu. Sumiço a ergueu cuidadosamente do chão e a recolocou no lugar antes de segui-lo. Então fechou a porta do escritório.

— Bem — disse —, que tal o meu novo estabelecimento? Bacana, não é?

Crânio olhou em volta. Sobre a escrivaninha em que Sumiço estivera sentado até pouco antes, havia um trinta-e-oito, com o tambor aberto. Perto dele, um trapo de camurça imundo e um montinho de balas, retiradas da arma. Crânio sorriu, sem nenhum humor.

— Estava esperando alguma encrenca, não é? — perguntou.

— Sempre faço isso, sabe como é, ficar mexendo neles mantém o mecanismo limpo — explicou Sumiço. — E ajuda a passar o tempo, fico aqui sentado durante muitas horas. Tenho algumas armas aí guardadas, às vezes tiro do armário para dar uma olhada... me fazem lembrar os velhos tempos. — Sentou-se, recolheu as balas com a mão em concha e começou a recolocá-las no tambor, uma por uma. — O que você tem em mente? — perguntou, enquanto examinava cuidadosamente a sua tarefa.

Crânio sentou-se de modo abrupto na frente dele.

— Escute, tenho que apagar um cara amanhã de noite — começou, em tom confidencial. — Você podia me ajudar? Me arranje uma boa cobertura, sem nenhum furo.

— Vai apagar alguém? De novo? — perguntou Sumiço, sem sequer erguer os olhos para ele.

— Bom, faz um ano e meio que não passo o rodo em ninguém — protestou Crânio, num tom honrado.

— Pode ser, mas você ficou em cana até seis meses atrás, pelo menos foi o que me disseram. Por que não dá uma relaxada de vez em quando, não descansa um pouco?

— Eu não fui preso por apagar ninguém — contrapôs Crânio —, você devia saber disso; da última vez, você me deu cobertura e me livrou. Eles me prenderam foi por nocautear uma velhota na hora em que eu estava treinando para aprender a dirigir no carro de um amigo.

Sumiço, com um estalo, fechou a arma recarregada e colocou-a sobre a mesa.

— Isso me lembra uma coisa — comentou, levantando-se e andando até um pequeno cofre na parede. — Acho que ainda tenho de receber alguma coisa por aquele álibi que arranjei para você em Cincinnati.

— Claro — concordou Crânio, em tom sereno, e deu um tapinha num bolso interno do paletó. — Trouxe a grana comigo, está bem aqui.

Sumiço, pelo visto, não queria deixar suas palavras sem uma comprovação; abriu o pequeno cofre embutido, tirou um punhado de papéis embolados e examinou um por um.

— É, está aqui — falou. — Cento e cinqüenta, de um jeito que parece dívida de jogo. Você me deu os outros cento e cinqüenta na noite anterior, lembra? — Jogou o resto dos papéis de volta para dentro do cofre e trouxe o documento para a escrivaninha, mas sem soltá-lo da mão.

Crânio estava contando laboriosamente notas de dez dólares, molhando a ponta do polegar. Empurrou o maço de notas para o outro lado da escrivaninha quando terminou.

— Pronto, está aí...

— Quer que eu rasgue isto aqui para você? — propôs Sumiço, inclinando o contrato para a frente, numa das mãos, enquanto com a outra puxava o dinheiro para si.

— Deixe que eu mesmo rasgo — respondeu Crânio. Olhou para o papel, dobrou-o e guardou cuidadosamente. — Você pode esquecer. — Nem um nem outro mostrava nenhuma animosidade. — E então, o que acha? — continuou. — Vai me dar cobertura amanhã de noite?

Sumiço pegou o trinta-e-oito e o trapo outra vez, voltou a limpar a arma.

— Assim você vai virar um risco sério, Crânio — murmurou, entre as sopradas que dava no metal. — Uma vez ou duas é moleza, mas você está começando a apelar demais. Se eu continuar a aparecer na sua frente toda hora, a coisa vai começar a ficar ruim para o meu lado; eles já andaram farejando alguma coisa em Cincinnati daquela vez, ficaram me fazendo perguntas durantes várias semanas depois. — Continuou a examinar a arma concentradamente por um tempo. — Desta vez, vai custar quinhentos para eu quebrar o seu galho — informou ao cliente. — Está cada vez mais difícil dar um jeito de a coisa parecer direita.

— Quinhentos! — exclamou Crânio, exaltado. — Você deve estar biruta! Por quinhentos eu podia muito bem ir para a rua e contratar meia dúzia de caras para fazer o serviço, em vez de fazer eu mesmo!

Sumiço acenou com a cabeça na direção da porta, impassível.

— Então vá em frente, por que me procurou? — Porém Crânio não fez o menor movimento para se levantar e sair. — Você sabe tão bem quanto eu — falou Sumiço — que qualquer cara que você contratar vai soltar a língua na primeira salinha de fundos da delegacia para onde levarem o sujeito. E tem mais uma coisa — acrescentou, contundente. — O que você quer é a satisfação de fazer o serviço você mesmo.

Crânio fez que sim com a cabeça, energicamente.

— Claro. Quem é que gosta de fazer um troço desses por controle remoto? Eu gosto de ver os olhos deles quando vêem a bala com o seu nome escrito saindo da ponta do cano. Eu gosto de ver o sujeito caindo e virando, daquele jeito que parece câmera lenta... — Remexeu o restante do dinheiro que trazia consigo. — Eu dou cem para você agora — propôs. — É tudo o que sobrou. Garanto que pago os outros quatrocentos depois que a coisa esfriar. Você também não podia esperar receber a grana toda antecipadamente, não é? Ninguém faz negócios desse jeito.

Deslizou o dinheiro, como uma isca, para debaixo da palma da mão de Sumiço.

— O que você diz? — pressionou. — É uma moleza, uma bobagem... você pode me livrar com um pé nas costas. — E, como uma lisonja profissional: — Eu já podia ter pegado o cara em Gary, na semana passada, mas fiquei na minha. Eu não ia fazer nada sem contar com uma das suas jogadas para me dar cobertura.

Sumiço baixou o seu trapo de limpeza, passou o polegar pela beirada do maço de notas, para a frente e para trás, duas ou três vezes, enfim arrastou o maço para o cantinho da mesa, como um sinal de concordância.

— Me dê uma dica do que se trata — falou, ríspido.
— E cuide para que seja a última vez, por um bom tempo, está bem? Não sou nenhum mágico.

Crânio puxou a cadeira para a frente, afoito.

— Acontece que o meu motivo é muito forte. O tal cara vive pisando nos meus calos. Você não precisa saber o nome dele, e não vou dizer quem é. Fiquei na cola do cara em Gary no início da semana, como já disse, e desde então eu não tenho tirado o olho de cima dele. O sujeito não está esperando que aconteça nada com ele, e essa é a parte maravilhosa da história. — Entrelaçou os dedos, cuspiu entre as mãos e esfregou uma na outra, com os olhos brilhando. — Ele está numa toca de rato na zona norte e, do jeito que as coisas estão, o cara mais parece que está implorando por isso. Passei a semana toda fazendo mapas e já conheço tudo de cor. — Pegou um lápis e um papel e começou a rabiscar.

Sumiço inclinou-se para a frente, com interesse, e advertiu:

— Fale baixo.

— Tem sete andares, e o quarto dele fica no mais alto. Pois bem, eu nem preciso entrar e sair, nem passar por ninguém, para alcançar o cara, está entendendo? A janela do quarto dele dá para uma área de ventilação, na parede lateral do prédio. Não tem saída de incêndio, nada, só um cano de escoamento de água de chuva que desce do lado da área de ventilação. Então, do outro lado fica um prédio residencial de seis andares, colado no hotel. É um lugar cheio de furos para a gente entrar, eles nem deixam a porta do terraço fechada, qualquer um pode ir entrando direto da rua e chegar lá. Fui lá a semana toda, fiquei deitado de bruços espiando o quarto dele. Escondi uma tábua, que está lá agora, direitinho, à espera para eu usar e atravessar. Cheguei até a medir a distância até a janela dele, enquanto o cara esteve fora, e tem espaço de sobra para guardar a tábua. Ele mora no sétimo andar, o outro prédio tem seis andares, então o terraço fica só mais ou menos um metro acima do topo da janela dele, a tábua nem vai ficar com uma inclinação que dificulte a volta... — Abriu as mãos, em triunfo. — Vou atirar nele usando uma daquelas batatonas bem gorduchas lá de Idaho metidas no cano do trinta-e-oito, e no apartamento vizinho nem vão ouvir barulho nenhum, muito menos lá embaixo, na rua!

Sumiço meteu o dedo no nariz, com ar judicioso.

— Tem aspectos a favor e aspectos contrários — argumentou. — Cuidado com essa história de tábua, lembre o que aconteceu naquela vez em Hopewell.

— Eu nem cheguei a levar a tábua para dentro comigo — protestou Crânio. — Ela ficou metade para fora e eu puxei a tábua pela cerca do quintal.

— Vamos supor que o cara veja você atravessando pela tábua; ele não vai cair fora do quarto?

— Vou entrar enquanto ele estiver na rua, vou estar escondido no armário quando ele voltar. Ele sempre deixa a janela aberta para arejar o quarto.

— E as outras janelas do lado da dele? Alguém pode dar uma espiada para fora e por acaso ver você lá, atravessando em cima da tábua.

— Não tem janelas naquela parede do prédio, por ali ninguém pode ver nada. Do lado do hotel, tem só uma janela para a área de ventilação, bem embaixo da janela dele. O quarto está vazio desde anteontem, não tem ninguém lá para olhar. Do quinto andar para baixo, eu não acho que alguém consiga enxergar a tábua de tão longe, contra o céu da noite; ela é pintada de verde-escuro, e a área de ventilação é escura feito breu. Essa é a minha idéia do negócio, e o serviço é uma grande moleza. Agora, vamos ver qual é a sua idéia para provar que eu nem estava lá e não podia ter feito o serviço!

— De quanto tempo você precisa? — perguntou Sumiço.

— Dá para eu ir lá, voltar e deixar o cara mortinho da silva em trinta minutos — respondeu Crânio.

— Vou lhe dar uma hora, começando aqui e voltando aqui — concluiu Sumiço. — Agora assine este contrato e depois preste muita atenção. Se der errado, a culpa vai ser só sua.

Crânio leu a folha de papel que Sumiço havia preenchido. A exemplo da mais recente transação daquele tipo entre ambos, o negócio vinha disfarçado nos termos de uma simples dívida de jogo e não tinha absolutamente nenhum valor legal. Nem precisava. Crânio sabia qual era o castigo por dar um calote num daqueles contratos de dívida de jogo. Não tinha prazo para vencer, mas no final da história Sumiço era um cobrador muito mais implacável do que um credor normal, amparado por todo o aparato legal disponível nos meios oficiais.

Crânio rabiscou CRÂNIO DONLEAVY com esforço, no pé da folha, de boca aberta, e devolveu. Sumiço guardou o papel no cofre junto com os cem dólares e fechou-o sem se dar ao trabalho de trancar.

— Agora venha comigo até a porta um minuto — disse. — Quero lhe mostrar uma coisa.

Na passagem entre as duas cabines telefônicas, ele disse:

— Preste bem atenção e não esqueça. Você está pagando quinhentos dólares por isso: a única saída do meu escritório é pela frente, por onde você entrou. Não tem janela, nada. Uma vez lá dentro, está lá dentro, até que todo mundo que estiver do lado de fora veja você sair outra vez. — Enfiou o cotovelo entre as costelas de Crânio. — Mas olhe só como é que você vai sair, e como vai voltar quando tiver terminado o serviço.

Desprendeu a placa de COM DEFEITO, meteu-a debaixo do braço e abriu a porta de vidro da cabine telefônica.

— Entre — convidou —, como se fosse telefonar para alguém... e empurre com força a parede do fundo da cabine.

Crânio fez isso — e quase caiu de lado; a parede ficava presa numa dobradiça, feito uma porta. Deu uma rápida olhada em volta, viu que estava nos fundos de uma oficina de carros mal iluminada. A lâmpada mais próxima ficava a vários metros de distância. A parte de fora da porta secreta era pintada de branco de um modo que se confundia com a parede; um carro velho e amassado, sem rodas, estava parado numa posição que servia de biombo para aquela saída oculta.

Crânio voltou para dentro, a porta se fechou atrás dele. Saiu da cabine telefônica, Sumiço fechou-a e recolocou a placa no lugar.

— Sou dono da oficina — explicou —, mas mesmo assim não deixe que o cara lá fora veja você passar. Ele não está sabendo de nada, nem o garçom aqui atrás. A cabine telefônica é uma arapuca que construí para mim mesmo.

— Fica aberta por fora para a gente poder voltar? — perguntou Crânio.

— Não, meta um pedacinho de papelão na tranca quando sair, feito uma calçadeira — explicou Sumiço. — Mas não pode ser muito grosso, para não passar nenhuma luz. Escute, a que horas pretende aparecer por aqui?

— Às dez — respondeu Crânio. — Ele sempre chega na mesma hora, toda noite, lá pelas dez e meia.

— Tudo bem — disse Sumiço, ríspido. — Você pergunta por mim lá na frente, como fez hoje. Eu saio, e a gente dá um tapinha nas costas um do outro, toma uns goles juntos. Depois a gente vem cá para dentro e começa um joguinho de pôquer amistoso. Eu mando trazer mais bebidas, o garçom traz e nos vê aqui dentro, nós dois, sem paletó. A gente grita um bocado um com o outro, assim todo mundo que estiver por aqui vai ouvir, vou cuidar para que o rádio fique desligado. Depois a gente vai se acalmando, e aí você escapole. De vez em quando eu vou soltar um uivo, como se você ainda estivesse aqui comigo. Depois que voltar, a gente sai junto outra vez, e eu levo você até a porta. Você ganhou muito no jogo, está entendendo? E, para provar isso, paga um drinque para todo mundo que estiver lá... eles vão se lembrar de você só por isso, não se preocupe. Aí está a sua cobertura.

Crânio fitou-o com admiração.

— Cara — disse —, só isso já vale quase quinhentos dólares, pelo que você diz!

— Diabos — exclamou Sumiço, em tom lúgubre. — Eu não estou tirando lá muito lucro disso tudo, já deu para você sentir... Só a instalação dessa cabine telefônica falsa custou uns cento e cinqüenta.

Sentou-se à escrivaninha outra vez, pegou o trinta-e-oito e o trapo, e voltou ao seu trabalho predileto.

— Tem outra coisa: se vai pegar um táxi, ande em ziguezague, volte por um outro caminho e troque de táxi no meio. Não dê chance de eles seguirem o seu rastro, numa linha reta, na volta aqui para a garagem. Eu sou o dono, como já disse.

Espiou o buraco do cano da arma e soprou lá dentro.

— Tome cuidado, você recarregou esse troço — avisou Crânio, nervoso. — Qualquer dia você ainda vai estourar a cabeça fazendo essas presepadas. Bom, eu vou para casa ter uma boa noite de sono para poder aproveitar bem a noite de amanhã. — Fez uma saudação com a sobrancelha e se foi.

— O que deu no rádio que não quer funcionar? — perguntava um freqüentador do bar na noite seguinte, quando Crânio chegou. Um silêncio incomum pairava no Oásis, embora houvesse bastante gente no balcão, diante do espelho.

— Tem de levar para o conserto — respondeu o garçom, em tom seco. Ele viu Crânio chegar, se mandou para trás do balcão sem esperar que pedissem e pôs a boca no tubo de comunicação que Sumiço havia instalado entre o bar e o seu escritório. A porta dos fundos se abriu, e Sumiço saiu, exclamando uma saudação cordial. Todas as cabeças viraram naquela direção.

Sumiço e Crânio puseram o braço no ombro um do outro, abriram espaço para os dois no balcão.

— Prepare um drinque aqui para o meu amigo Donleavy — pediu Sumiço. Crânio tentou pagar. — Nada disso, esta é a minha casa — protestou.

Depois de vários minutos assim, falando no tom mais alto que podiam, o garçom trouxe um par de dados e pôs na frente deles. Ficaram ocupados jogando os dados por um tempo, enquanto olhos ociosos observavam todos os movimentos. Por fim, Sumiço desfez-se dos dados com impaciência.

— Agora você fez o meu sangue ferver — confessou.
— Sei de um jeito melhor do que esse para ganhar de você! Vamos lá no meu escritório jogar uma rodadas de pôquer.
— A porta se fechou atrás deles.
— Vão ficar lá a noite inteira — disse o garçom, experiente.

Uma vez atrás da porta, toda a exagerada cordialidade deles desapareceu. Começaram a trabalhar num silêncio de sangue-frio. Sumiço retirou o lacre de um baralho novo, espalhou-o em cima da mesa. Livrou-se do paletó e do colete, pendurou-os num cabide; Crânio fez o mesmo, deixando à mostra o seu coldre de ombro. Cada um pegou cinco cartas ao acaso, sentaram-se um de frente para o outro, na escrivaninha.

— Grana — sussurrou Sumiço, e bateu na mesa.

Crânio baixou um punhado de trocados e notas de um dólar, espalhou entre os dois. Ambos relaxaram, espiaram as cartas que tinham na mão.

— Jogue com o que tiver — disse Sumiço. — Ele vai entrar com as bebidas daqui a pouco.

A segunda porta, entre o escritório e as cabines telefônicas, ficou aberta. Crânio descartou duas cartas, pegou mais duas. A porta de fora se abriu de repente, e o garçom entrou com dois copos e uma garrafa numa bandeja. Deixou a porta aberta atrás dele, e durante alguns minutos os dois ficaram à vista de todos que estavam no bar. O garçom pôs os copos e a garrafa na mesa, parou um pouco para olhar por cima do ombro do patrão. Seus olhos se arregalaram; Sumiço tinha na mão um *royal flush*, simplesmente acontecera.

— Caia fora — disse Sumiço, curto e grosso. — E não volte mais. Tenho de me concentrar!

O homem saiu de fininho com a bandeja vazia, fechou a porta de fora e voltou para contar aos fregueses sobre a sorte fenomenal do patrão.

Na mesma hora, Sumiço virou as suas cartas para que Crânio pudesse ver.

— Agora dê no pé — mandou — e não perca tempo! Não esqueça de enfiar o pedaço de papelão no lado da porta da cabine, senão você não vai conseguir entrar de novo.

Crânio estava ocupado vestindo o paletó, o colete, o chapéu e abotoando tudo. Bateu com o punho na mesa com força suficiente para parti-la ao meio e esbravejou um palavrão espantado. Sumiço pagou na mesma moeda, com um urro igual ao dele; os rostos de ambos estavam impassíveis.

— Vou soltar um grito de vez em quando, como se você ainda estivesse aqui comigo — prometeu Sumiço.

Crânio engoliu a sua bebida, apertou as mãos uma na outra e sacudiu-as na direção de Sumiço, abriu a porta da cabine telefônica com a placa COM DEFEITO e enfiou-se lá dentro. Fechou a porta, rompeu a tampa de uma caixa de fósforos, dobrou-a, em seguida escancarou a porta oculta e passou por ela. A cunha segurou o trinco da porta com uma fissura mínima; mal dava para enfiar um prego.

Os fundos da oficina estavam imersos na sombra. Ele avançou de fininho contornando as ruínas do carro e deu uma espiada lá na frente. O único funcionário estava afastado da entrada, conversava com o dono de um carro que tinha acabado de ser guardado lá dentro.

Crânio se esgueirou na direção deles, mas ficou perto da parede, encoberto por uma comprida fileira de carros estacionados, com o corpo curvado quando era preciso passar no intervalo entre um carro e outro. Um deles tinha ficado muito perto da parede; Crânio teve de subir no pára-choque traseiro e andar feito um macaco para poder passar para o outro lado. O último carro da fileira, porém, ainda estava a uns bons quinze ou vinte metros da boca da oficina e havia um largo trecho vazio, ensopado de gasolina, entre ele e a rua, à frente. Ficou escondido por um tempo ali onde estava, sob a sombra lançada pelo último carro. Um minuto depois, o cliente da garagem foi embora a pé, o mecânico entrou no carro, pôs o veículo em movimento e passou pelo esconderijo de Crânio, rumo aos fundos da oficina. Era a ocasião ideal para sair sem ser visto, melhor do que havia imaginado. Endireitou-se, correu pelo trecho de concreto que restava até a saída, sumiu de vista assim que chegou lá fora e se pôs a caminhar sem a menor pressa pela rua.

Na segunda esquina, entrou num táxi e depois saiu a meio caminho do seu destino. Entrou numa loja, perguntou o preço de uma caneta-tinteiro, saiu e pegou outro táxi. Dessa vez desceu a dois quarteirões do local aonde queria ir, num ângulo reto. O táxi seguiu numa direção e ele foi na outra, dobrou a esquina. Entrou direto no prédio sujo, como se morasse ali; não olhou para os lados ao entrar e sobretudo não cometeu o erro de passar pelo prédio e depois voltar.

Não havia ninguém na entrada para vê-lo passar. Empurrou a porta destrancada e subiu lentamente pela escada, como uma pessoa qualquer que chega da rua meio cansada. Naquela noite, tudo estava ajudando, ele nem teve de cruzar com ninguém no caminho ao longo dos seis lances de escada, embora o prédio parecesse uma colméia, a julgar pelo barulho.

Alguém saiu e desceu, mas isso foi depois que ele já havia passado do segundo andar. Quando chegou ao último patamar da escada, Crânio suavizou os passos e acelerou o ritmo. A porta do terraço, fechada por dentro, não rangia mais; ele mesmo tinha posto óleo nas dobradiças, duas noites antes. Fechou-a sem fazer barulho, depois de passar, e se viu no escuro, andando em silêncio sobre o cascalho coberto com piche. A tábua ainda estava onde ele a havia deixado, no lado oposto daquele onde iria usá-la, assim ninguém que a visse durante o dia faria qualquer ligação entre a tábua e a janela do hotel, do outro lado da área de ventilação. Pegou a tábua, trouxe-a consigo, ajustou-a na posição, deitou-se de bruços e espiou por cima da borda.

Deu parabéns a si mesmo com um meio sorriso. O quarto atrás da janela estava escuro, seu morador ainda não tinha voltado. A vidraça estava com uma abertura de um palmo na parte de baixo, para entrar um pouco de ar no quarto. Tudo exatamente como ele dissera para o Sumiço que iria acontecer! A janela do andar de baixo estava escura; não tinham alugado o quarto desde a noite anterior. Mesmo o segundo e o terceiro quartos, dali para baixo, estavam escuros; não havia luz acima do terceiro andar, e a janela, vista lá de cima, parecia do tamanho de um selo de correio. O cenário estava sob medida.

Ergueu-se sobre os joelhos, puxou a tábua por cima da mureta baixa, revestida de chumbo, e começou a ajeitá-la na direção da janela. Manteve o pé pressionado numa das pontas para a tábua não abaixar além da saliência junto à janela e ficar solta no ar, com todo o seu peso livre. A tábua passou sobre a saliência junto à janela sem tocá-la e empurrou para trás as cortinas, na parte de baixo da janela aberta. Em seguida ele deixou a tábua baixar bem devagar e com cuidado, e formou-se uma ponte sobre o vão. Conferiu se ela estava com uma boa folga para trás da mureta revestida de chumbo, para que não escorregasse quando ele estivesse em cima dela; então a soltou, esfregou as mãos uma na outra, levantou-se e pisou sobre a tábua no ponto em que ela se apoiava na mureta. Equilibrou-se com cautela.

Não ficou preocupado com a possibilidade de a tábua estalar sob o seu peso; já havia feito testes de sobra, ali mesmo no terraço. Curvou-se sobre ela, agarrou uma borda em cada mão e começou a atravessar o vão, de gatinhas. A distância não era grande, e ele evitava olhar para baixo, mantinha o olhar fixo na janela à sua frente. Havia uma ligeira inclinação, mas não o bastante para causar preocupação. Cuidava para que a tábua não pendesse para um lado, mantendo, o mais possível, o peso do corpo no meio. Na verdade, tinha tudo sob controle — não havia como dar errado. O vidro da janela foi se aproximando, até encostar, gelado, na ponta do seu nariz. Enfiou as mãos em gancho por baixo do vidro, empurrou-o para cima, abriu toda a janela e contorceu-se por baixo até entrar no quarto. Fora fácil demais!

A primeira coisa que fez foi baixar a janela de novo, para sua posição original. Empurrou a tábua um pouco para trás, de modo que a saliência que ela formava por trás das cortinas não ficasse muito visível, mas deixou-a onde estava. Não precisava acender a luz; havia memorizado a posição exata de todas as peças da mobília do quarto em suas observações a partir do terraço em frente. Abriu a porta do armário, empurrou as roupas nos cabides um pouco para o lado, a fim de abrir espaço para ficar ali. Em seguida tirou o trinta-e-oito de baixo do braço, foi até a porta do quarto e parou, ouvindo com atenção. Não vinha o menor ruído lá de fora. Meteu a mão no bolso de cima do paletó e puxou uma grande batata crua com um pequeno buraco cuidadosamente escavado em seu interior. Enfiou a batata no cano da arma, para servir de silenciador, e cuidou que ficasse bem apertada para não cair. Em seguida sentou-se numa cadeira, no escuro, por um tempo, com a arma na mão e de olho na porta.

Depois de uns quinze minutos, a porta do elevador abriu com estardalhaço em algum ponto mais afastado do corredor. Crânio levantou-se logo, recuou para dentro do armário e fechou a porta por dentro. Deixou só uma pequena abertura, um fio de visibilidade, o suficiente para espiar com um olho. Aquele meio sorriso voltou ao seu rosto. Uma chave tilintou na porta do quarto. A porta se abriu, e a silhueta preta de alguém se destacou contra a luz do corredor de serviço. Ela se fechou de novo, e as luzes do quarto foram acesas.

Por uma fração de segundo, o rosto que se virou ficou na mesma linha da abertura da porta do armário, e Crânio fez que sim com a cabeça para si mesmo; o cara certo tinha entrado no quarto certo, e a última chance, possível mas improvável, de algo estragar os seus planos estava fora do seu caminho — o homem viera sozinho para casa.

Então o rosto passou, fora de foco. A chave bateu com força no tampo de vidro da cômoda, uma ponta de um paletó escuro tombou sobre a cama branca, soou um estalo e um rádio nanico começou a se aquecer com um gemido suave. O sujeito bocejou bem alto, rodou um pouco o corpo e ficou fora de vista. Crânio limitou-se a ficar ali, à espera, a arma na mão, com o silenciador.

Quando aconteceu, foi rápido como o flash de uma câmera fotográfica. A porta do armário foi aberta de súbito, e os dois se olharam cara a cara, a não mais de quinze centímetros um do outro. A mão do homem ainda estava no puxador da porta do armário, a outra mão segurava o paletó erguido, pronto para ser pendurado num cabide. Primeiro, ele largou o paletó. Crânio nem chegou a levantar a arma, já estava na posição. O rosto do sujeito passou do rosado para o branco e para o cinzento e meio que deslizou todo mole, feito geléia, à beira de soltar-se dos ossos do cabeça. Ele deu um passo para trás, bem lento, a fim de não cair, e Crânio deu um passo bem lento para fora do armário, na sua direção. Chutou o paletó do outro para fora do seu caminho, sem sequer olhar para ele.

— Pois é, Hitch — falou, com voz mansa. — As três primeiras balas na agulha têm o seu nome inscrito. Feche os olhos se quiser.

Hitch não quis; em vez disso, ficaram arregalados e redondos que nem ovos cozidos sem casca. A boca e a língua se mexeram durante um minuto inteiro, sem conseguir fazer sair nada. Por fim, formaram-se três palavras.

— Por que isso?

Crânio só ouviu porque estava bem perto.

— Vá se virando bem devagar, enquanto eu refresco

a sua memória — respondeu. — As patas levantadas feito um cachorrinho pedindo um osso para roer.

Enquanto a vítima cambaleava e dava uma volta no mesmo lugar, prestes a cair, os braços meio erguidos e as mãos penduradas e moles na altura dos ombros, Crânio o apalpava habilmente nos lugares certos para se certificar de que estava desarmado.

— Muito bem — concordou. — Este é o último exercício que você vai fazer.

O outro parou de rodar, os joelhos vacilaram um pouco, depois ele simplesmente ficou ali parado, como que suspenso por um cordão.

O rádio de brinquedo afinal esquentou, o gemido diminuiu e uma terceira voz ingressou no quarto, miúda e velada. Os olhos de Crânio piscaram um pouco naquela direção, depois voltaram para o rosto pastoso à sua frente.

— Saí seis meses atrás — rosnou — e a primeira coisa que fiz foi ir atrás da minha gata do ano passado... chamavam de Goldie... você me via andando com ela, não lembra?

Os olhos de Hitch começaram a se revirar para tudo quanto é lado, feito chumbo de caça.

— Não achei nem sinal da Goldie, em parte alguma — recomeçou Crânio. — Por isso saí perguntando por aí e sabe o que foi que fiquei sabendo? Que um rato chamado Hitch, que parecia ser meu amigo, tinha pintado de repente e fugido com a Goldie, enquanto eu estava fora de circulação. Agora, veja se me entende — mexeu de leve na arma —, não é a mulher que me incomoda; elas não têm mesmo nada na cabeça, e eu não ia querer mais a Goldie agora, mesmo se eu pudesse... Mas ninguém faz uma coisa dessas comigo e sai por aí numa boa. Não interessa se é uma questão de negócios ou se é uma mulher, ou se o sujeito só saiu por aí falando de mim coisas de que eu não gosto. Com qualquer um que me aporrinha, é assim que eu acerto as contas.

As rugas nos nós do dedo que estava no gatilho foram sumindo quando começou a puxá-lo para trás; os olhos de Hitch estavam fixos ali, dilatados como lentes de aumento.

— Não posso dizer nada? — perguntou, rouco.

— Não vai fazer bem nenhum para você — prometeu Crânio. — Mas vá em frente, vamos ouvir que mentira vai tentar me contar... a mesma resposta vai estar pronta para você atrás desta batata.

Hitch começou a tremer todo, na ânsia de se expressar com o maior número possível de palavras no tempo mais curto possível.

— Não vou mentir, você me pegou, e de que é que ia adiantar mentir? Ela estava passando fome — gemeu ele. — A grana que você deixou com ela já havia acabado... — Mesmo no meio do pânico que o dominava, seus olhos acharam tempo para avaliar a reação de Crânio ao que tinha dito. — Eu sei que você deixou um bocado de grana com ela... mas alguém passou a mão, deixou a mulher limpa — esclareceu. — Ela me procurou e não tinha nem dinheiro para pagar uma refeição, não tinha onde morar. Eu... eu comecei a cuidar dela, por causa de você, que era meu amigo...

Crânio rosnou com nojo. O suor escorria pelo rosto de Hitch. A voz no rádio foi substituída por trechos de música fina e chorosa. Os olhos de Crânio novamente se voltaram para o rádio, demoraram-se ali um instante, depois voltaram.

— Você não teria feito a mesma coisa? — argumentou Hitch. — Você não faria a mesma coisa? Então, sem ter essa intenção, a gente ficou assim, apegado um ao outro...

Crânio não pestanejou, mas a arma estava apontada um pouco mais para baixo, para a coxa da vítima agora, e não para o peito; o peso da batata pode ter causado isso. A cabeça de Hitch acompanhou a descida da arma, os olhos estavam fixos nela; Hitch parecia olhar para o chão, arrependido.

— A gente sabia que estava errado. Conversamos mui-

to sobre isso; nós dois falávamos como você era bacana...
— Uma sombra de cor voltou ao seu rosto; ainda estava pálido, mas já não estava cinzento. Continuava engolindo saliva, podia ser uma sobrecarga de emoção ou a necessidade de manter a garganta bem lubrificada. — No fim, a gente desistiu... não dava para agüentar... nós casamos... — Um ligeiro soluço velou sua voz.

Pela primeira vez, Crânio mostrou alguma surpresa; sua boca se abriu um pouco e ficou assim. Hitch parecia encontrar inspiração nos desenhos do tapete do hotel, que se refletiam em seus olhos.

— Não é só isso... Goldie teve um bebê. Nós agora temos um filho... — Ergueu os olhos, pesaroso. — Batizamos a criança com o seu nome... — A arma estava apontada para baixo, direto para o chão agora; a distância entre o nariz e o queixo de Crânio tinha aumentado. Sua boca havia amolecido.

— Espere aí, tenho aqui uma carta dela, ali na gaveta... pode ler você mesmo. Abra... — convidou Hitch —, assim não vai achar que estou tentando pegar uma arma. Vou ficar aqui, junto à parede.

Crânio passou por ele, puxou a gaveta, baixou o olhar para dentro dela.

— Pegue a carta — falou, em tom hesitante. — Mostre para mim, se está com ela.

A mão de Hitch ficou repousando, mole, sobre o rádio por um instante; o volume aumentou. "Só uma canção ao pôr-do-sol", o rádio chiava. Hitch remexeu às pressas dentro da gaveta, pegou um envelope, abriu-o com dedos ansiosos. Desdobrou a carta, virou-a para Crânio, mostrou a assinatura.

— Está vendo? É dela... de Goldie.

— Mostre a parte da criança — disse Crânio, com voz rouca.

Hitch virou-a, apontou para a parte de baixo da primeira página.

— Está aqui, leia... vou segurar para você.

Crânio tinha olhos bons, não teve de chegar mais perto. Estava tudo claro, preto no branco. "*Estou cuidando direitinho do seu filho. Penso em você toda vez que olho para ele...*"

Hitch deixou a carta cair. Seu queixo balançou.

— Agora vá em frente, parceiro, faça o que disse que ia fazer — suspirou.

A estreita faixa formada pela sobrancelha de Crânio ficou eriçada de dúvida. Ele continuou a olhar ora para o rádio, ora para a carta no chão. "Ao pôr-do-sol, para nós", a voz do rádio babava, "vem uma velha e doce canção..." Crânio piscou algumas vezes. Não apareceu nenhuma umidade em seus olhos, na verdade, mas eles tinham uma expressão pensativa, pegajosa. Hitch parecia nem mais respirar, de tão silencioso.

Ouviu-se um *clop*, e a batata tombou do cano da arma, apontada para baixo, e partiu-se ao bater no chão. Crânio voltou a si, com um esforço.

— E vocês deram o meu nome ao seu filho? — perguntou. — Donleavy Hitchcock?

O outro fez que sim com a cabeça, tristonho.

Crânio respirou fundo.

— Não sei — falou, em dúvida. — Talvez eu esteja enganado se deixar você sair inteiro dessa história; talvez eu não devesse... Eu nunca voltei atrás em nada até hoje. — Olhou para ele, com nojo. — Você agora conseguiu tirar todo o meu entusiasmo... — Enfiou a arma de volta ao coldre debaixo do braço, pegou a chave do quarto em cima da cômoda. — Saia do quarto e fique lá fora esperando — ordenou, lacônico. — Não vou sair pela frente, vou sair do mesmo jeito que entrei, entende, ninguém vai bancar o espertinho comigo. Depois você pode dizer que a porta se fechou e a chave ficou do lado de dentro. Não quero saber de você aqui dentro enquanto eu estiver atravessando para o outro prédio pela janela.

Hitch já tinha quase cruzado a porta antes de Crânio terminar de falar.

— E não tente bancar o engraçadinho comigo, que eu ainda posso mudar de idéia — preveniu Crânio. Passou uma perna para fora da janela, localizou a tábua, depois virou a cabeça para perguntar: — Qual é a cor dos olhos da criança, afinal? — Mas Hitch não esperou para discutir mais detalhes do assunto, a essa altura já ia longe pelo corredor, esfregando o rosto com a manga da camisa enquanto corria.

Crânio, arrastando os pés enquanto avançava sobre a tábua, feito um aleijado, resmungava em tom lúgubre:

— Como é que eu podia meter uma bala nele depois que deu o meu nome ao filho? Vai ver que Sumiço está certo. É melhor eu dar um tempo de vez em quando. Acho que já apaguei muita gente. Não vai fazer mal nenhum deixar um escapar; quem sabe isso ainda vai me trazer sorte.

A volta foi mais fácil do que a ida. A inclinação da tábua ajudava. Passou a perna por cima da mureta baixa e já estava no terraço do prédio residencial. Puxou a tábua para si. Em seguida tirou a chave do quarto de Hitch de dentro do bolso e, tranqüilamente, deixou-a cair na área de ventilação; esfregou as mãos com um novo e estranho sentimento de nobreza, de ter feito uma boa ação, um sentimento que nenhum dos assassinatos que havia cometido conseguira lhe dar. Empurrou o chapéu por trás com um toquezinho elegante, atravessou a porta do terraço e desceu a escada até a rua. Não se importaria se alguém o visse agora, mas novamente ninguém viu, assim como na hora em que ele entrara.

Chegou à calçada e olhou para os lados, atrás de um táxi, para voltar ao escritório de Sumiço; queria os seus cem dólares de volta, é claro; não precisava mais de nenhum álibi. Esperava que Sumiço não fosse tentar uma apropriação indébita em cima dele, mas se necessário poderia mostrar a sua arma ainda carregada com todas as balas e convencê-lo de que não tinha feito nada. Aquele não era um bairro de usuários de táxi, propriamente, não havia nenhum táxi à vista, então Crânio começou a andar, na esperança de aparecer algum. Deu outro toquezinho no chapéu por trás, sentia-se muito bem.

— Puxa, dá uma sensação gozada — murmurou — ter uma criança com o nome da gente.

Nessa altura, Hitch já havia voltado ao quarto, depois de mandar um mensageiro do hotel entrar na sua frente, com uma chave mestra, para se certificar de que a barra estava limpa. Ele fechou a porta, trancou a janela, baixou a persiana, e só para se manter bem a salvo ia tratar de procurar outro lugar para dormir, assim que arrumasse suas coisas. Mas por enquanto estava impotente, não podia fazer nada, limitou-se a ficar encostado na cômoda, o corpo todo tremendo, a cabeça balançando para cima e para baixo. Não estava tremendo de medo, mas por causa de um riso incontrolável e dilacerador. Na mão, segurava a carta da ex-namorada de Crânio, Goldie, que ele tinha pegado no chão. No pé da primeira página, o texto dizia, como Crânio tinha lido *"Estou cuidando direitinho do seu filho. Penso em você toda vez que olho para ele."* Mas, sempre que virava a página, Hitch tinha um novo ataque de riso. O texto continuava assim: *"... e fico bem contente por você ter deixado a criança comigo, nem sei o que pode acontecer enquanto você está longe de mim. Não há nada tão bom quanto ter um trinta-e-dois à mão quando a gente é mulher e está sozinha. Não esqueça de pegar mais uma para você, para o caso de topar com você-sabe-quem..."*. O pai orgulhoso teve de se abraçar à própria barriga, se risse mais forte quebraria uma costela.

Crânio pegou um táxi a uns três quarteirões do prédio. Não se deu ao trabalho de trocar de táxi no meio do caminho, mas por respeito ao Sumiço não foi direto para a oficina. Saltou um pouco antes de chegar lá. Podia ter voltado pela porta da frente do Oásis, agora tanto fazia por onde ia entrar, mas afinal de contas aquele embuste era o ganha-pão de Sumiço, então para que estragar o seu segredo? Para que deixar que todo mundo no bar ficasse sabendo? Se ele entrasse pela frente, todos logo iam descobrir a jogada.

A entrada da oficina estava escancarada, como sempre, mas dessa vez nem o mecânico estava à vista; não parecia haver grande movimento no lugar. Crânio entrou do mesmo jeito que tinha saído, espremendo-se entre a parede e a fila de carros estacionados, subindo no pára-choque do automóvel que estava muito encostado, sem ser visto por ninguém.

Quando estava a uma certa distância da porta que dava para o escritório, pôde ver o cara ali sentado, lendo um jornal. Contornou a carcaça do carro sem rodas, localizou a pequena fresta na parede pintada de branco, formada pela saída oculta da cabine telefônica, segurou-a pelas unhas, soltou a cunha que havia deixado no trinco e abriu-a. Ficou na cabine telefônica até a porta se fechar às suas costas, depois deu uma olhada através do vidro. A porta da frente ainda estava fechada, a porta do escritório de Sumiço ainda estava aberta, à sua espera para lhe dar as boas-vindas. Crânio saiu da cabine telefônica, fechou a porta com a placa COM DEFEITO e tudo, e depois parou para escutar. Puxa, estavam fazendo o maior barulho lá fora — todos os pés pareciam correr ao mesmo tempo. Alguém batia na porta pelo lado de fora. Queriam falar com Sumiço — ele tinha voltado bem na hora! Dava para ouvir o garçom berrando:

— Chefe! O senhor está bem, chefe? O que é que houve, chefe?

Crânio deu meia-volta e fugiu para dentro do escritório.

— Mudei de idéia — falou, arquejante. — Já acabou. Estão chamando você... o que é que estão querendo lá fora? Espere até eu pegar o meu...! — Seus dedos desceram correndo pela frente do sobretudo, e depois pelo paletó e o desabotoaram. Crânio tirou os dois juntos de cima dos ombros com um safanão e eles deslizaram pelas suas costas. Ficaram presos nos cotovelos, pararam ali, a meio caminho, despidos pela metade, enquanto ele piscava os olhos e olhava fixo para o outro lado da mesa.

O cenário era o mesmo — as cartas, as bebidas, o dinheiro —, só que Sumiço tinha cochilado em cima da mesa, à espera da volta do amigo. O queixo estava afundado no peito e a cabeça continuava a baixar para a direita, enquanto Crânio olhava para ele, como se uma engrenagem soltasse um dente de cada vez. Havia uma névoa azulada meio estranha pairando em três linhas, feito uma cortina, bem em cima da cabeça de Sumiço, e não havia por perto nenhum charuto que ele pudesse estar fumando.

Crânio debruçou-se sobre a mesa, segurou Sumiço pelo ombro, sentiu o calor do seu corpo através da camisa.

— Ei, acorde! — Então viu a arma no colo de Sumiço, onde ela havia caído, e o restinho da fumaça ainda saía, preguiçoso, de dentro do cano. O trapo de camurça estava caído no chão. Crânio já sabia a resposta mesmo antes de pegar a arma: levantou a cabeça de Sumiço e observou-a. Sumiço tinha limpado demais uma das suas armas. Quando a cabeça foi erguida, ele só tinha um olho, a bala havia acertado o outro em cheio.

A porta de fora se abriu com força, e eles entraram aos trambolhões, todo mundo que estava no bar. A sala de repente ficou sufocada de gente. Viram Crânio assim, de pé junto à escrivaninha, a arma na mão, o paletó meio despido nas costas. Sentiu que alguém tomou a arma da sua mão, depois seguraram seus braços ao lado do corpo, e o garçom falou:

— O que você fez com ele? — e mandou chamar a polícia.

Agora Crânio não queria mais saber de guardar nenhum segredo, o cara estava morto! Remexeu-se com violência, tentou se soltar, não conseguiu.

— Eu acabei de entrar! — esbravejou. — Ele mesmo atirou... Estou dizendo, eu acabei de entrar aqui!

— Você ficou jogando com ele a noite inteira! — gritou o garçom. — Um minuto antes de soar o tiro eu ouvi o chefe berrando com você, e todo mundo aqui também ouviu... Como pode dizer que acabou de entrar?

Crânio recuou como se um martelo invisível o tivesse acertado e, lentamente, começou a gelar, paralisado. Pôde sentir que mãos não identificadas mexiam em todo o seu corpo, mãos de policiais, agora, e ele tentava o tempo todo imaginar um jeito de escapar daquela situação; tentava imaginar um jeito de escapar, enquanto eles comparavam o contrato que ele havia tomado de Sumiço com o contrato novo que ele lhe passara depois. Crânio balançava a cabeça, como se estivesse zonzo, tentando clarear a mente.

— Esperem, deixem que eu mostre para vocês uma coisa — ouviu-se falando. — Tem uma saída oculta numa cabine telefônica logo ali depois da porta; eu entrei por ali, depois que o tiro foi disparado... deixem que eu mostre para vocês!

Sabia que iriam deixar, sabiam que iriam lá para ver — mas de algum modo ele já sabia qual era o benefício que aquilo iria lhe trazer. Ninguém o tinha visto sair e ninguém o tinha visto entrar. Só Hitch, e quem disse que Hitch ia querer ajudá-lo?

Quando conduziu os outros para fora, na direção da cabine, o corpo esticado na direção do chão, na ânsia de chegar logo lá, Crânio não parava de gemer, na sua respiração arquejante:

— Matei seis caras e nunca ninguém tocou em mim por causa disso; o sétimo eu deixei escapar vivo, e agora eles vêm me prender por um assassinato que eu nem cometi!

IMPULSO

Paine andava para um lado e para o outro na frente da casa à espera de que a visita do velho Ben Burroughs saísse, porque queria falar com ele a sós. Não dá para pedir a restituição de um empréstimo de duzentos e cinqüenta dólares na presença de outra pessoa, sobretudo se você tem um tremendo pressentimento de que vai levar um fora logo de cara e de que ainda por cima vão mandar você cair fora rapidinho.

Mas ele tinha um motivo mais forte para não querer testemunhas da sua conversa com o velho sovina. O lenço grande que trazia no bolso de trás, dobrado em forma de triângulo, tinha um propósito especial, e aquele pequeno instrumento em outro bolso... não seria para abrir à força uma janela?

Enquanto se mantinha escondido entre os arbustos, vigiando a janela iluminada e a silhueta de Burroughs sentado lá dentro, ele continuava a ensaiar o apelo que havia elaborado, como se ainda fosse usá-lo.

"Senhor Burroughs, sei que é tarde, e sei que o senhor preferiria não lembrar que eu existo, mas o desespero não consegue esperar; e eu estou desesperado." Isso parecia bom. "Senhor Burroughs, trabalhei fielmente durante dez longos anos em defesa dos seus interesses, e trabalhei também nos últimos seis meses da existência da empresa só para que ela não parasse. Trabalhei voluntariamente pela metade do salário, sob a sua promessa de que o meu pagamento atrasado seria pago assim que a situação melhorasse. Em vez disso, o senhor declarou uma falência fajuta para anular as suas dívidas."

Em seguida, um pouco de conversa mole, para amaciar a ferroada. "Eu nem cheguei perto do senhor durante todos esses anos e não estou a fim, agora, de criar nenhuma encrenca. Se eu achasse que o senhor não tinha mesmo o dinheiro, ainda assim eu não faria isso. Mas agora todo mundo sabe que a falência foi fraudulenta; é óbvio, pela maneira como o senhor continua a levar a sua vida, que o senhor salvaguardou o seu próprio investimento; e há pouco tempo ouvi uns boatos de que o senhor está controlando uma outra empresa, sob o nome de terceiros, para retomar os negócios no ponto em que os deixou. Senhor Burroughs, a soma exata da promissória dos seis meses de meio salário que o senhor me deve é de duzentos e cinqüenta dólares."

A dose exata de respeito próprio e dignidade, comentara Pauline nesse ponto; nada de conversa fiada ou de papo sentimental, tudo na base da calma, e indo direto ao ponto.

E depois um fecho para arrebentar, todas as palavras carregadas de verdade. "Senhor Burroughs, preciso de ajuda esta noite; não posso esperar mais vinte e quatro horas. Tem um buraco do tamanho de uma moeda de cinqüenta centavos na sola dos meus dois sapatos, tenho um pedaço de papelão no fundo de cada um. Já estamos há uma semana sem gás e sem luz lá em casa. Amanhã vai vir um oficial de justiça para levar o pouco que nos resta de mobília e pôr um cadeado na porta.

"Se eu estivesse sozinho nesta história, ainda podia agüentar, sem ter de pedir nada a ninguém. Mas, senhor Burroughs, tenho uma esposa em casa para sustentar. Talvez o senhor não se lembre dela, uma garota pequena, bonita e morena, que trabalhou como estenógrafa no seu escritório durante um mês ou dois. O senhor não iria reconhecê-la agora, tenho certeza, ela envelheceu vinte anos em dois."

Era só isso. Era tudo o que qualquer pessoa poderia dizer. E mesmo assim Paine sabia que estava perdido, antes mesmo de pronunciar a primeira palavra.

Ele não conseguia enxergar quem era a visita do velho. A visita estava fora do raio de visão da janela. Burroughs estava sentado paralelo à janela, o perfil voltado para Paine. Ele podia ver a sua boca maldosa e de lábios finos se mexer. Uma ou duas vezes, ergueu a mão num gesto de discordância. Em seguida deu a impressão de que estava escutando e por fim fez que sim com a cabeça, lentamente. Manteve o dedo indicador erguido e balançou-o, como que enfatizando algum ponto para o seu ouvinte. Depois disso, levantou-se e andou para o fundo da sala, mas sem deixar de ficar paralelo à janela.

Ficou parado junto à parede do fundo, a mão estendida para um tapete suspenso ali. Paine esticou o pescoço, forçou os olhos. Devia ter um cofre embutido na parede naquele lugar, por trás do tapete, e o velho biruta queria abrir o cofre.

Quem dera ele tivesse um binóculo à mão.

Paine viu o velho miserável parar um momento, virar a cabeça e pedir alguma coisa para o outro. Uma mão de repente agarrou o cordão da persiana e baixou-a até o fim.

Paine rilhou os dentes. O velho fóssil não queria correr nenhum risco, não é mesmo? Dava a impressão de que ele lia o pensamento dos outros, parecia saber que tinha alguém lá fora. Mas ainda restara uma fresta, que deixava escapar um fio de luz por baixo da janela. Paine esgueirou-se para fora do seu esconderijo e se aproximou sorrateiramente. Fixou os olhos ali, focalizou a mão de Burroughs, que rodava o segredo do cofre, e deixou tudo o mais de lado.

Três quartos de volta para a esquerda, onde ficava o número oito no mostrador de um relógio. Depois voltou para onde ficava o número três. Depois rodou para o outro lado, dessa vez até o número dez. Muito fácil. Tinha de se lembrar disto: 8 — 3 — 10.

Burroughs então abriu o cofre e retirou uma caixa de dinheiro. Colocou-a sobre a mesa e abriu. Os olhos de Paine se contraíram e sua boca se torceu, numa careta sombria. Olhe só todo aquele dinheiro! A mão do velho fóssil, cheia de nós, enfiou-se lá dentro, tirou um maço de cédulas, contou-as. Repôs algumas de volta na caixa, contou o restante pela segunda vez e deixou-as sobre a mesa, enquanto guardava a caixa de dinheiro, trancava o cofre e ajeitava o tapete na parede.

Um vulto embaçado apareceu parcialmente, nessa altura, perto demais da persiana para que fosse possível ver com clareza; mas sem remover o pequeno maço de cédulas de cima da mesa. A mão de Burroughs, semelhante a uma pata de bicho, pegou as notas, estendeu o maço para a frente. Uma segunda mão, mais lisa, avançou para pegar as notas. As duas mãos se cumprimentaram num aperto.

Com prudência, Paine bateu em retirada para o seu posto de observação anterior. Agora sabia onde estava o cofre, era o que mais importava. Tinha se afastado bem na hora. A persiana foi erguida bruscamente logo depois, dessa vez pela mão de Burroughs, que puxou o cordão. O outro tinha recuado de novo para fora do raio de visão da janela. Burroughs andou naquela direção e sumiu de vista, e o cômodo ficou escuro de repente. Um instante depois, uma luz piscou no teto da varanda.

Paine rapidamente passou para a lateral da casa, valendo-se daquela oportunidade momentânea, a fim de estar seguro de que a sua presença não era notada.

A porta se abriu. A voz de Burroughs rosnou um breve "boa noite", ao qual a visita, que saía, não respondeu. A entrevista entre ambos, estava claro, não tinha sido propriamente cordial. A porta se fechou de novo, com muito pouca força. Passos rápidos atravessaram a varanda, seguiram pela calçada de cimento rumo à rua, para longe de onde Paine estava, bem encostado à parede lateral da casa. Ele nem se deu ao trabalho de tentar ver quem era. Estava escuro demais para isso, e a sua intenção primordial era manter a sua presença oculta.

Quando os passos anônimos sumiram a distância sem causar problemas, Paine deslocou-se para um lugar de onde podia controlar a frente da casa. Burroughs agora estava sozinho lá dentro, Paine sabia; era avarento demais até para contratar um criado em tempo integral. Uma luz fraca surgiu por um ou dois minutos através da clarabóia acima da porta, vinda de trás do saguão. Agora era a hora de tocar a campainha, se ele pretendia mesmo fazer o seu pedido ao velho desgraçado, antes que ele fosse dormir.

Paine sabia disso e mesmo assim alguma coisa pareceu impedi-lo de subir na varanda e tocar a campainha. Ele sabia muito bem o que era, mas não conseguia admitir para si mesmo.

"Ele vai só dizer um não, curto e grosso, e bater a porta na minha cara", foi a desculpa que deu a si mesmo, enquanto ficava agachado no meio dos arbustos, à espera. "E, depois que ele tiver me visto aqui fora, eu vou ser o primeiro de quem vão desconfiar, mais tarde, quando..."

A clarabóia estava escura agora, e Burroughs tomou o caminho do andar de cima. A janela de um quarto no andar de cima se acendeu. Ainda havia tempo; se ele tocasse a campainha agora, Burroughs desceria a escada para atender a porta. Mas Paine não se mexeu, ficou onde estava, paciente, à espera.

A janela do quarto afinal se apagou, e a casa ficou, então, escura e sem vida. Paine se manteve no mesmo lugar, em conflito consigo mesmo. Não chegava a ser uma batalha, na verdade, pois essa já tinha sido perdida muito tempo antes; porém continuava a dar desculpas a si mesmo pelo que sabia que estava prestes a fazer. Desculpas para não continuar tocando a sua vida e permanecer o que sempre tinha sido até então: um homem honesto.

Como poderia encarar a esposa se voltasse de mãos vazias naquela noite? No dia seguinte sua mobília seria amontoada sobre a calçada. Noite após noite, ele prometia ir lá e encarar Burroughs, e sempre acabava desistindo, passava diante da casa sem conseguir tomar coragem bastante para agir. Por quê? Para começar, ele não tinha mesmo coragem para enfrentar a negativa sarcástica, descarada, que com certeza ia receber do velho. Mas o mais importante foi o entendimento de que, se fizesse o seu pedido, ele automaticamente iria abolir aquele outro meio, ilegal, de conseguir o dinheiro. Burroughs na certa se havia esquecido da existência de Paine, depois de todos aqueles anos, mas, se Paine o lembrasse, procurando-o para uma conversa...

Apertou o cinto num gesto decidido. Bem, ele não ia voltar para casa e para a esposa de mãos vazias naquela noite, mas ainda não precisava encarar Burroughs por causa disso. Sua esposa nunca queria saber onde ele arranjava dinheiro.

Paine se ergueu e olhou em volta. Ninguém à vista. A casa era isolada. A maior parte das ruas em redor tinham sido abertas e calçadas por simples cortesia; passavam por terrenos baldios. Paine movia-se com cuidado, mas com determinação, rumo à janela daquele cômodo onde tinha visto o cofre.

A covardia podia trazer como conseqüência correr mais riscos do que a coragem mais atrevida. Ele tinha medo de coisas pequenas — medo de ir para casa e encarar a esposa de mãos vazias, medo de pedir dinheiro para um velho safado e de maus bofes porque sabia que ia ser insultado e expulso —, e assim, pela primeira vez na vida, estava prestes a arrombar uma casa, tornar-se um criminoso, um arrombador.

Ela se abriu fácil demais. Era quase um convite para uma entrada ilegal. Paine subiu no peitoril, e a capa de uma cartela de fósforos de papel introduzida no intervalo entre as duas metades da janela bastou para empurrar a lingüeta da tranca e soltá-la.

Desceu para o chão, aplicou na esquadria inferior o pequeno instrumento que havia trazido, e ela se ergueu sem nenhum esforço. Um minuto depois, Paine estava dentro da sala, e já tinha fechado a janela para não dar um aspecto suspeito se alguém olhasse de fora. Perguntou-se por que até então sempre havia achado que era preciso muita habilidade e paciência para arrombar uma casa. Não era nada disso.

Retirou do bolso o lenço dobrado e amarrou-o em volta da parte de baixo do rosto. Por um instante, achou que não valia a pena o trabalho, e mais tarde veio a se lamentar por ter agido assim, de certo modo. Mas depois, no fim das contas, o que aconteceu teria na certa acontecido, de um jeito ou de outro, com ou sem aquilo. Não ia evitar que fosse visto, só que fosse identificado.

Sabia que não devia acender a luz do cômodo, mas não havia trazido nada tão técnico como uma lanterna de bolso para substituir as luzes. Teve de se contentar com fósforos comuns, o que significava que só podia usar uma mão para rodar o segredo do cofre, depois de afastar o tapete para o lado.

Era uma brincadeira, uma bobagem. Ele nem tinha a combinação exata, só as posições aproximadas: 8 — 3 — 10. Não deu certo na primeira tentativa, por isso ele tentou algumas ligeiras variações, e aí o segredo se soltou com um estalido.

Paine abriu o cofre, retirou a caixa de dinheiro, colocou-a sobre a mesa. Foi como se o ato de colocá-la na mesa ligasse o disjuntor geral da luz. O cômodo, de repente, foi inundado de luz e Burroughs estava parado, de pé, junto à porta, de roupão em volta da sua figura murcha, a mão esquerda estendida para o interruptor na parede, a mão direita segurando uma arma apontada para Paine.

Os joelhos de Paine se entrechocaram, sua traquéia se contraiu, e ele morreu um pouco — daquele jeito que só um amador apanhado com a mão na massa, na sua primeira tentativa, pode ficar, nunca um profissional. Seu polegar ardeu inesperadamente e ele, num gesto mecânico, apagou o fósforo que segurava.

— Desci bem na hora, não foi? — disse o velho, com um contentamento rancoroso. — Pode não ser um cofre muito bom, mas está ligado a um alarme do lado da minha cama, que dispara toda vez que é aberto... entende?

Ele devia ter se dirigido logo para o telefone, ali naquele mesmo cômodo, na frente de Paine, para pedir socorro, mas o velho tinha um temperamento vingativo, não conseguia resistir ao impulso de retardar e humilhar.

— Você sabe o que vai ganhar em troca disso, não sabe? — prosseguiu, lambendo os lábios impassíveis. — E eu vou fazer todo o possível para que você seja condenado à pena máxima, e cumpra até o último mês previsto na lei, pode deixar comigo. — Deu um passo para a frente. — Agora afaste-se dessa caixa. Vá para trás e não faça nenhum movimento até eu...

Uma súbita suspeita surgiu em seus olhinhos brilhantes.

— Espere um pouco. Eu já não o vi antes? Há algo de familiar em você.

Ele se aproximou.

— Tire essa máscara — ordenou. — Deixe-me ver quem é você!

Paine ficou paralisado de pânico ante a idéia de revelar seu rosto. Não parou para pensar que, uma vez que Burroughs tinha a arma apontada para ele e não havia um meio de fugir, o velho não podia deixar de descobrir quem ele era, mais cedo ou mais tarde.

Balançou a cabeça, tomado por um pavor irracional.

— Não! — arquejou com voz rouca, fazendo ondular o lenço em cima da boca. Chegou a tentar um recuo, mas havia uma cadeira ou alguma outra coisa no caminho, e não conseguiu.

Com isso, o velho chegou mais perto.

— Então, por Deus, eu vou arrancar o lenço para você! — retrucou. — Estendeu o braço na direção da ponta inferior do triângulo. Ao fazer isso, sua mão direita se desviou um pouco para o lado, fora de alinhamento com o corpo de Paine, portanto a arma já não estava apontada exatamente para ele. Mas a diferença não era suficiente para compensar o risco.

Covardia. Covardia que atiça uma audácia da qual mesmo a maior coragem teria medo. Paine nem parou para pensar na arma. De repente agarrou os dois braços do velho, abriu-os ao máximo. Foi um risco tão desmiolado que Burroughs não podia esperar aquilo, e por isso deu certo. A arma estalou em vão, apontada para o teto; deve ter engasgado, ou então a primeira câmara estava vazia e Burroughs não sabia.

Paine continuou desviando a arma num ângulo muito aberto. Mas a sua preocupação principal era a mão vazia que tentava agarrar o lenço. Aquela mão ele girou para baixo, para o lado oposto, fora do alcance do lenço. Torceu a pele esquelética em torno do descarnado pulso direito do velho, até a dor forçar a mão a relaxar, abrir e largar a arma. Ela tombou no chão, entre os dois, e Paine afastou-a, com um toque do lado do pé, para mais ou menos um metro de distância.

Em seguida meteu o mesmo pé por trás de um dos pés de Burroughs e empurrou o velho para trás. O velho caiu no chão aos trambolhões, e a breve luta desigual terminou. Todavia, mesmo enquanto caía, ele já era vitorioso. Quando Paine soltou Burroughs para levá-lo ao chão, o braço esquerdo do velho já tinha traçado um arco no ar, a mão se fechara em uma garra e levara o lenço consigo.

Burroughs agora estava estatelado no chão, apoiado no cotovelo, arquejando um rancoroso reconhecimento, que era como uma faca cravada no coração de Paine.

— Você é Dick Paine, seu safado sem-vergonha! Eu conheço você! É Dick Paine, um antigo empregado meu! Você vai pagar por isso...

Foi tudo o que ele teve tempo de dizer. Aquilo foi a sua sentença de morte. Paine agia movido por tal compulsão neuromuscular, despertada pelo instinto de autopreservação, que nem teve consciência de que se abaixava e pegava a arma que havia caído. Só deu por si quando viu a arma na mão, apontada para a boca que o acusava, a única coisa de que ele tinha medo.

Puxou o gatilho. Pela segunda vez, estalou — engasgou ou a câmara estava vazia. Mais tarde, ia ficar com aquilo em sua consciência, aquele estalo — como a última chance que lhe foi dada para deixar de fazer o que estava prestes a fazer. Aquilo mudava a situação, afastava a pequena e vaga desculpa que tinha até então; aquilo transformava um ato impulsivo, cometido no calor de uma luta, num homicídio deliberado, cometido a sangue-frio, com tempo de sobra para pensar duas vezes antes de praticá-lo. E a consciência faz de todos nós covardes. E ele já era mesmo um covarde, desde o início.

Burroughs teve até tempo de cuspir as primeiras sílabas de um desesperado pedido de misericórdia, uma promessa de imunidade. Na certa ele não manteria a promessa.

— Não, Paine!... Dick, não! Não vou contar nada. Não vou contar para eles que você esteve aqui...

Mas Burroughs sabia quem ele era. Paine puxou o gatilho, e a terceira câmara trazia a morte. Dessa vez a arma detonou, e o rosto inteiro de Burroughs ficou velado por uma baforada de fumaça. Quando a fumaça se dissipou um pouco, ele já estava morto, a cabeça no chão, um fino fio vermelho escorrendo do canto da boca, como se tivesse apenas partido o lábio.

Paine era um amador por excelência. No silêncio de morte que se seguiu, seu primeiro comentário audível foi:

— Senhor Burroughs, eu não tinha a intenção...

Em seguida ficou olhando, consternado, branco.

— Agora eu estou acabado! Matei um homem... e eles matam a gente por causa disso! Agora é que eu estou ferrado mesmo!

Olhou para arma, perplexo, como se ela sozinha, e não ele, fosse a culpada do que havia acontecido. Pegou o lenço, esfregou-o às tontas na arma, depois desistiu disso também. Pareceu-lhe mais seguro levar a arma consigo, muito embora fosse a arma de Burroughs. Ele tinha um pavor místico de impressões digitais, típico de um amador. Tinha certeza de que não seria capaz de limpá-la o bastante para remover todos os vestígios da sua manipulação; no próprio ato de tentar limpá-la, acabaria deixando outras impressões digitais. Guardou-a no bolso interno do paletó.

Olhou para um lado e para o outro. Era melhor ir logo embora dali; era melhor ir logo embora dali. Os tambores da fuga começavam a bater dentro dele, e Paine sabia que nunca mais iam parar de tocar.

A caixa de dinheiro continuava sobre a mesa, no lugar onde ele havia deixado, Paine foi até lá e tirou a tampa. Não queria mais aquele dinheiro, para ele estava estragado, tinha virado um dinheiro maldito. Mas precisava de algum, pelo menos; para facilitar a sua fuga e evitar a prisão. Não parou para contar quanto havia ali; devia ter pelo menos uns mil, pelo jeito. Talvez até mil e quinhentos, ou mil e oitocentos.

Não ia levar nem um centavo além do que lhe deviam. Só pegaria os duzentos e cinqüenta dólares que viera receber. Para a sua mente assustada, o seu crime pareceria se tornar menos hediondo se ele se contentasse em pegar aquilo que era seu por direito. Isso parecia impedir que o seu ato fosse um assassinato e um roubo, puro e simples, parecia lhe dar o direito de preservar a ficção de que tinha sido apenas a cobrança de uma dívida, acompanhada por um acidente horrível e imprevisto. E, afinal, a consciência é o guarda mais implacável do bairro.

Além do mais, enquanto contava o dinheiro às pressas, metia o bolo no bolso de trás da calça e o abotoava, Paine se deu conta de que não poderia dizer para a esposa que tinha estado ali — senão ela ia saber o que ele tinha feito. Teria de levá-la a pensar que havia conseguido o dinheiro em outro lugar. Não seria difícil. Noite após noite, ele adiara sua ida à casa de Burroughs, havia dado mostras de sobra para a mulher de que ele não gostava da idéia de se aproximar do antigo patrão; era ela que vivia atiçando Paine para ir lá.

Só naquela noite ela havia falado:

— Acho que você nunca vai fazer isso. Estou quase perdendo as esperanças.

Assim, o que poderia ser mais natural do que deixar a esposa acreditando que, no final, ele não tinha ido? Paine ia inventar alguma outra explicação para justificar a existência do dinheiro; era preciso. Se não naquela noite, no dia seguinte. A idéia viria à sua cabeça depois que o choque tivesse amainado um pouco e ele conseguisse pensar com mais calma.

Será que havia deixado alguma coisa que pudesse denunciá-lo, que eles pudessem usar para identificá-lo? Era melhor colocar a caixa de dinheiro de volta no lugar; havia uma chance de eles não saberem exatamente quanto dinheiro o velho sovina tinha em mãos. Era comum ninguém saber, com gente daquele tipo. Esfregou cuidadosamente a caixa toda com o lenço com o qual cobrira o rosto, rodou o botão do segredo, fechou o cofre, deu uma pancadinha. Não chegou perto da janela nem uma vez; apagou a luz e saiu pela porta da frente da casa.

Abriu-a com o lenço na mão e fechou-a por fora, e, depois de uma exaustiva observação da rua deserta, desceu da varanda, andou ligeiro pela calçada na frente da casa, virou para a esquerda seguindo a faixa cinzenta da calçada que atravessava aquela desolação, rumo à distante linha do bonde, que ele não ia pegar naquela parada, naquela hora.

Olhou para cima uma ou duas vezes, para o céu salpicado de estrelas, enquanto caminhava com esforço. Tinha acabado. Não havia mais nada. Só uma inveja guardada em segredo. Uma lembrança, que ele não se atrevia a dividir com ninguém, nem mesmo com Pauline. Mas, bem lá no fundo, ele sabia que não era assim. Não tinha acabado, estava só começando. O que havia acontecido fora só o levantar das cortinas. O assassinato, como uma bola de neve que rola ladeira abaixo, ganha mais impulso à medida que desce.

Paine precisava tomar um drinque. Tinha de tentar afogar aquela coisa maldita que estava dentro dele. Não podia ir para casa a seco, com aquilo dentro da cabeça. Os bares ficavam abertos até as quatro horas, não era? Paine não era muito de beber, não tinha familiaridade com informações desse tipo. Sim, havia um bar logo ali, do outro lado da rua. E ele já estava bem longe da casa de Burroughs, dois terços do caminho entre ela e a sua casa já tinham ficado para trás.

O bar estava vazio. Assim podia ser até melhor; mas também podia não ser. Seria mais fácil se lembrarem dele. Bom, agora já era tarde, ele já estava dentro do bar, no balcão.

— Uísque puro.

O garçom nem teve tempo de lhe dar as costas, e Paine falou de novo:

— Mais um.

Não devia ter feito isso; parecia suspeito engolir assim tão depressa.

— Desligue a droga desse rádio — falou, às pressas. E não devia ter dito isso, parecia suspeito. O garçom olhou para ele. E o silêncio foi pior ainda. Insuportável. Aqueles pulsantes tambores de perigo. — Deixe para lá, ligue outra vez.

— Resolva o que o senhor quer — disse o garçom, num tom suave de censura.

Paine parecia fazer tudo o que era errado. Não devia ter entrado ali, para começo de conversa. Bem, então ia cair fora, antes que piorasse ainda mais as coisas.

— Quanto é? — Pegou uma moeda de cinqüenta centavos e uma de vinte e cinco, tudo o que ele tinha.

— Oitenta centavos.

Seu estômago afundou um pouco. Não com *aquele* dinheiro! Paine não queria ter de usar o dinheiro, seria uma acusação flagrante demais contra ele.

— A maioria dos bares cobra trinta e cinco centavos por um drinque.

— Não dessa marca. Você não especificou. — Mas o

garçom agora estava em guarda, desconfiado de que estava tratando com um caloteiro. Estava debruçado por cima do balcão, bem na frente de Paine, numa posição que lhe permitia controlar qualquer movimento que ele fizesse com as mãos.

Paine não devia ter pedido o segundo drinque. Por causa de uma moeda de cinco centavos, ia ter de pegar todo aquele bolo de notas bem na frente dos olhos do sujeito. Era bem difícil que o garçom não fosse se lembrar daquilo no dia seguinte, depois de Paine ter chegado daquele jeito nervoso!

— Onde fica o banheiro?

— A porta da direita, ali atrás da máquina de vender cigarro.

Mas agora o garçom estava cheio de desconfiança; Paine podia ver isso pelo jeito como o homem não tirava o olho dele.

Paine fechou a porta depois de entrar, segurou-a com as costas, desabotoou o bolso de trás, remexeu o dinheiro à procura das notas de valor mais baixo. Dez dólares era a nota mais baixa, e só havia uma; tinha de ser aquela. Rogou pragas contra si mesmo por se meter em tal encrenca.

De repente, a porta deu um solavanco nas suas costas. Não com violência, mas Paine não esperava. O tranco lançou-o para a frente, fazendo-o perder o equilíbrio. O maço de dinheiro, mal seguro na mão, espalhou-se pelo chão todo. A cabeça do garçom surgiu através da abertura na porta. Começou a falar:

— Não estou gostando nada do seu jeito. Vamos lá, caia fora do meu... — E então viu o dinheiro.

A arma de Burroughs, desde o início, já formava um volume esquisito no bolso interno do paletó. O cabo era grande demais, forçava o tecido. Sua repentina guinada para a frente havia deslocado a arma. Parecia estar prestes a cair, puxada pelo próprio peso. Segurou-a para que não se desprendesse do bolso.

O garçom viu o gesto, aproximou-se dele e resmungou um "Eu já sabia!", que podia não querer dizer nada, mas podia querer dizer tudo.

O garçom não era nem de longe como Burroughs, era um verdadeiro touro. Apertou Paine contra a parede e segurou-o ali, mais ou menos indefeso. Mesmo assim, se ele tivesse ficado de bico calado, na certa nada teria acontecido. Mas abriu a boca do tamanho de um túnel e esbravejou:

— Políííi-cia! Assalto! Socorro!

Paine perdeu a escassa presença de espírito que ainda lhe restava, virou um cata-vento alvoroçado ao sabor do acaso, ingovernável e imprevisível. Algo explodiu contra o diafragma do garçom, como se houvesse uma bombinha de criança embutida no cinto dele.

Desabou no chão com um suspiro que o levou para o outro mundo.

Mais um. Agora eram dois. Dois, em menos de uma hora. Paine não pensava aquelas palavras, elas pareciam deflagrar-se em cima dele, proclamadas em caracteres de fogo nas paredes encardidas do banheiro, como naquela história da Bíblia.

Deu um passo por cima do homem caído de bruços, de avental branco, tão duro como se estivesse andando em cima de pernas de pau. Espiou lá fora, através da abertura que havia na porta. Ninguém no bar. E na certa ninguém tinha ouvido nada lá fora, na rua; era preciso atravessar duas portas para chegar à calçada.

Paine jogou para o lado aquele troço maldito, a coisa que parecia espalhar a morte à sua volta, só porque estava na mão dele. Se não a tivesse trazido da casa de Burroughs, o garçom estaria vivo agora. Mas, se não a tivesse trazido, agora Paine já estaria preso por ter cometido um assassinato. Por que culpar a arma, por que não pôr a culpa no destino e pronto?

Aquele dinheiro, espalhado pelo chão todo. Ele se agachou, recolheu as notas uma por uma, contando enquanto catava. Vinte, quarenta, sessenta, oitenta. Algumas estavam de um lado do cadáver, outras estavam do outro; Paine teve de passar por cima do corpo, não só uma vez, mas várias vezes, na sua sinistra caçada de cédulas. Uma ficara até meio presa por baixo do cadáver e, quando ele conseguiu arrancá-la, havia uma mancha de sangue na ponta. Paine fez uma careta, esfregou, tentou limpar. Mas ela ficou ainda um pouco manchada, é claro.

Agora estava de posse de todas as notas, ou achava que sim. Não podia ficar ali nem mais um minuto, sentia-se sufocar. Enfiou tudo dentro do bolso do mesmo jeito que antes e o abotoou. Em seguida, saiu de fininho, dessa vez olhando para trás, para ver o que havia feito, e não para a frente. Foi por isso que não reparou no bêbado, senão quando já era tarde demais e o bêbado o tinha visto.

O bêbado estava muito bêbado mesmo, mas talvez ainda não estivesse bêbado o bastante para que Paine pudesse arriscar. Devia ter entrado de fininho, enquanto Paine, concentrado, juntava o dinheiro. O homem estava curvado para a frente, lendo a lista de músicas na máquina de tocar discos. Levantou a cabeça antes que Paine pudesse voltar para dentro do banheiro e, a fim de evitar que ele visse o que havia no chão, Paine rapidamente fechou a porta depois que saiu.

— Puxa, já não está na hora? — reclamou o bêbado. — Vamos começar a trabalhar, não é?

Paine tentou encobrir o rosto, o mais que pôde, com a sombra da aba do chapéu.

— Não trabalho aqui — resmungou. — Sou só um freguês...

O bêbado era do tipo pegajoso. Grudou-se na lapela do paletó de Paine, enquanto ele tentava passar, meio de lado.

— Não me venha com esse papo. Você acabou de pendurar seu casaco ali dentro, está querendo tirar folga esta noite. Pois não vai sair enquanto eu não tiver bebido o meu drinque...

Paine tentou afastá-lo com um safanão, sem ser muito violento para não acabar se metendo numa outra briga. O bêbado grudou nele que nem um inferno. Ou melhor, grudou no próprio inferno, sem saber disso.

Paine sufocou o acesso de pânico, cujo resultado ele já sabia qual seria e já tinha visto acontecer duas vezes. A qualquer instante podia entrar alguém vindo da rua. Alguém sóbrio.

— Tudo bem — arquejou. — Depressa, o que vai querer?

— Assim é que eu gosto, agora você está sendo um cara legal. — O bêbado soltou-o, e Paine passou para trás do balcão. — Não há nada como o bom e velho burbom Four Roses para mim...

Paine pegou uma garrafa ao acaso na prateleira, entregou-a e disse:

— Tome aqui, sirva-se à vontade. Vai ter de levá-la para fora, eu... a gente está fechando mais cedo hoje. — Achou um interruptor, apertou-o. Só apagou uma parte das luzes. Não havia tempo para se preocupar com o resto. Foi empurrando o bêbado abraçado à garrafa na direção da porta e, depois que os dois saíram, puxou a porta até fechar, de modo que parecia trancada, ainda que não estivesse.

O bêbado começou a se queixar em voz alta, cambaleando pela calçada.

— Você é um cara formidável, nem me deu um copo para eu poder beber!

Paine lhe deu um leve empurrão para um lado, girou o corpo e partiu na direção oposta.

A questão era: até que ponto o homem estava bêbado? Será que ia se lembrar de Paine, iria reconhecê-lo se o visse de novo? Paine andou mais depressa, começou a correr para longe das imprecações e xingamentos que ressoavam atrás dele e enchiam o ar da noite. Paine não podia fazer a mesma coisa outra vez. Três vidas em uma hora. Não podia!

* * *

A noite estava terminando quando ele entrou no pequeno pátio do seu prédio. Subiu a escada trôpego, mas não por causa dos dois drinques que tinha bebido, e sim por causa das duas mortes.

Enfim, estava na frente da porta do seu apartamento: 3-B. Parecia tão gozado estar ali depois de ter matado duas pessoas — remexer os bolsos em busca da chave e encaixá-la na fechadura, como nas outras noites. Era um homem honesto quando havia saído de casa e agora voltava um assassino. E duplo assassino.

Torcia para que a esposa estivesse dormindo. Não ia conseguir encará-la agora, não podia falar com ela, por mais que tentasse. Estava tomado pela emoção. Ela ia descobrir na mesma hora, só de olhar na cara dele, só de fitar os seus olhos.

Fechou a porta bem de leve, seguiu na ponta dos pés para o quarto, deu uma espiada lá dentro. Ela estava deitada, dormindo. Pobrezinha, pobre coitada, casada com um assassino.

Paine voltou, despiu-se fora do quarto. Em seguida, ficou ali. Nem chegou a se estirar em cima do sofá, ficou junto a ele agachado no chão, a cabeça e os braços recostados no assento. Os tambores do terror continuavam a bater. Eles não paravam de falar: "O que vou fazer agora?".

O sol disparou no céu, chegou ao ponto mais alto muito depressa. Paine abriu os olhos, e o sol já estava lá em cima. Foi até a porta e pegou o jornal. Ainda não era o jornal da manhã, pois ele era impresso bem tarde, muito depois da meia-noite.

Virou-se, e Pauline apareceu, estava catando as coisas dele pelo chão.

— Tudo espalhado, nunca vi um homem que nem você...

Ele disse:

— Não... — e brandiu a mão na direção dela, mas já era tarde demais. Paine tinha enfiado as notas no bolso de modo tão descuidado, na segunda vez, no bar, que elas formavam um bolo bastante visível ali atrás da calça. A mulher abriu, puxou as notas, e algumas pingaram no chão.

Ela olhou, espantada.

— Dick! — Ela nem acreditava, exultante de alegria. — Foi Burroughs? Não vai me dizer que você afinal...

— Não! — O nome atravessou-o como um espeto em brasa. — Nem cheguei perto da casa dele. Não teve nada a ver com isso!

Ela fez que sim com a cabeça, concordando.

— Eu achava que não, porque...

Paine não deixou a esposa terminar. Avançou até ela, segurou-a pelos ombros.

— Não pronuncie o nome dele outra vez, diante de mim. Não quero ouvir esse nome nunca mais. Consegui o dinheiro em outro lugar.

— Quem?

Ele sabia que teria de responder, senão ela ficaria desconfiada de alguma coisa. Paine engoliu em seco, buscou às cegas por um nome.

— Charlie Chalmers — falou, sem pensar.

— Mas na semana passada ele se recusou a ajudar você!

— Bem, mudou de idéia. — Virou-se para ela, com ar atormentado. — Não me faça mais perguntas, Pauline, eu não vou suportar! Passei a noite toda sem dormir. Está aí, e pronto, é só isso que interessa. — Tomou a calça das mãos dela e foi ao banheiro para se vestir. Tinha escondido a arma de Burroughs à noite, na caixa de roupa suja embutida na parede; desejou ter escondido o dinheiro também. Colocou a arma de volta no mesmo bolso onde a levara na noite anterior. Se a esposa tocasse nele ali...

Penteou o cabelo. Os tambores agora batiam mais de leve, mas Paine sabia que eles iam voltar; era só a calmaria que antecede a tempestade.

Saiu do banheiro, e a esposa estava pondo as xícaras sobre a mesa. Agora ela parecia preocupada. Tinha a sensação de que havia algo errado. Estava com medo de perguntar a ele, dava para perceber, talvez tivesse medo do que iria descobrir. Paine não podia ficar ali sentado, comendo, como se fosse um dia igual a todos os outros. A qualquer momento podia aparecer alguém à procura dele.

Paine passou pela janela. De repente, ficou tenso, agarrou a cortina.

— O que aquele homem está fazendo lá parado? — Ela se aproximou. — Está lá falando com o zelador...

— Puxa, Dick, que mal há nisso? Uma porção de gente pára todos os dias para falar com...

Paine recuou um passo para longe da janela.

— Ele está olhando para as nossas janelas! Você não viu? Os dois se viraram e olharam para cá! Vá para trás! — O seu braço puxou a mulher para trás.

— Por quê? A gente não fez nada.

— Estão vindo para a entrada deste bloco! Eles vão subir para cá...

— Dick, por que está agindo deste jeito, o que foi que aconteceu?

— Entre no quarto e espere lá dentro. — Paine era um covarde, sim. Mas havia variações. Pelo menos não era um covarde que se escondia atrás da saia de uma mulher. Fez com que ela entrasse no quarto, empurrando-a de leve. Depois segurou seu ombro por um momento. — Não faça perguntas. Se você me ama, fique aí dentro até eles irem embora.

Fechou a porta diante do rosto assustado da esposa. Abriu o tambor da arma. Restavam duas. "Posso pegar os dois", pensou. "Se eu tomar cuidado. É preciso."

Ia acontecer mais uma vez.

O estrépito da campainha da porta fez seu corpo gelar. Paine andou com uma lentidão sinistra na direção da porta, os pés firmes e bem apoiados sobre o chão. No caminho, pegou o jornal sobre a mesa, enrolou-o na forma de um funil, enfiou a mão, e a arma caiu ali dentro. A pressão do braço contra a lateral do corpo era o bastante para manter preso o funil de jornal. Era como se estivesse lendo o jornal e houvesse cuidadosamente dobrado as folhas embaixo do braço. A arma ficava muito bem escondida, contanto que a mantivesse apontada para baixo.

Soltou a tranca e recuou devagar, à medida que abria a porta, mantendo-se meio oculto por ela, deixando à vista só a metade desarmada do corpo. O zelador surgiu primeiro, quando a abertura da porta aumentou. Estava do lado de fora. O homem ao seu lado usava um chapéu-coco meio inclinado para trás, tinha um bigode eriçado e rodava um charuto entre os dentes. Parecia... um cara que vem prender a gente.

O zelador falou com uma insolência mal disfarçada.

— Paine, tem um homem aqui que está procurando um apartamento. Vou mostrar o seu para ele e ver se vai servir, quando ficar disponível. Algum problema?

Paine ficou se balançando meio mole junto à porta, feito um saco de roupas pendurado num gancho, enquanto os dois passavam por ele.

— Não — respondeu, num sussurro, e soltou o ar que tinha nos pulmões. — Não, podem entrar.

Segurou a porta aberta para conferir se iam mesmo descer até lá embaixo. Assim que a fechou, Pauline o pegou pelo braço, aflita.

— Por que você não me deixou dizer a eles que agora já podemos pagar as contas atrasadas e que vamos ficar? Por que você apertou o meu braço daquele jeito?

— Porque não vamos ficar aqui, e eu não quero que eles saibam que temos o dinheiro. Não quero que ninguém saiba. Nós vamos embora.

— Dick, o que foi? Você fez alguma coisa que não devia?

— Não me pergunte. Escute bem, se você me ama, não

faça perguntas. Estou... eu estou com um pequeno problema. Tenho de ir embora daqui. Não interessa por quê. Se não quiser vir comigo, eu vou sozinho.

— Para onde você for, eu vou também. — Os olhos dela ficaram turvos. — Mas não dá para remediar?

Dois homens mortos, não tinha remédio. Paine deu um sorriso amargo.

— Não, não dá.
— É grave?

Ele fechou os olhos, demorou um minuto para responder.

— É grave, Pauline. É tudo que você precisa saber. É tudo que eu quero que você saiba. Tenho de sair daqui o mais depressa que puder. A qualquer minuto já pode ser tarde demais. Vamos começar agora mesmo. Eles vão vir tomar as nossas coisas ainda hoje, de um jeito ou de outro, e isso é uma boa desculpa. Não vamos ficar esperando, vamos embora agora.

Ela entrou para se arrumar. Demorou tanto que Paine quase ficou louco. A esposa parecia não entender como era urgente irem embora. Ela perdeu tanto tempo resolvendo o que ia levar e o que ia deixar para trás como se estivessem saindo para passar o fim de semana fora, no campo. Paine chegava toda hora na porta do banheiro e a apressava:

— Depressa, Pauline! Vamos logo, Pauline!

Ela chorava muito. Era uma esposa obediente; não perguntou mais nada sobre o problema do marido. Apenas chorava, sem nem saber o que era.

Paine estava de quatro junto à janela, na posição de alguém que procura um botão do colarinho embaixo de uma cômoda, quando Pauline finalmente saiu, com a pequena mala que havia feito. Paine virou o rosto tenso para ela.

— Tarde demais... não posso ir embora com você. Já tem alguém vigiando o prédio.

Ela se abaixou ao nível dele, aproximou-se sorrateiramente.

— Olhe direto para o outro lado da rua. Está vendo? Ele não saiu dali nos últimos dez minutos. As pessoas não ficam assim paradas no mesmo lugar à toa...

— Pode estar esperando alguém.

— E está mesmo — sussurrou em tom lúgubre. — Por mim.

— Mas você não pode ter certeza.

— Não, mas se eu for tirar a prova dos nove e revelar onde estou, já vai ser tarde demais quando eu descobrir que é verdade. Vá você na frente, sem mim.

— Não, se você fica, deixe-me ficar com você...

— Não vou ficar, não posso! Vou depois de você e nos encontraremos em algum lugar. Mas vai ser mais fácil se sairmos um de cada vez. Posso escapulir pelo terraço ou sair pelo porão. Ele não vai deter você, eles não estão atrás de você. Agora você vai na frente e espere por mim. Não, tenho uma idéia melhor. Olha só o que você vai fazer. Compre dois bilhetes e pegue o trem no terminal do centro da cidade, sem esperar por mim... — Ele separou uma parte do dinheiro e enfiou-o na mão relutante da esposa, enquanto falava. — Agora, preste bem atenção. Duas passagens para Montreal...

Uma centelha adicional de aflição faiscou nos olhos dela.

— Vamos sair do país?

Quando a pessoa comete assassinato, não tem mais um país.

— Temos de sair, Pauline. Sai um trem para lá toda noite às oito horas. Parte do terminal do centro da cidade às oito em ponto. Pára por cinco minutos na estação Norte às oito e vinte. É onde eu vou embarcar. Trate de estar nesse trem, senão nós vamos nos desencontrar. Guarde um lugar para mim ao seu lado no vagão de poltronas...

Ela se agarrou a ele em desespero.

— Não, não. Tenho medo de que você não apareça. Alguma coisa vai acontecer. Você vai perder o trem. Se eu deixar você agora, talvez nunca mais nos vejamos. Vou acabar fazendo a viagem sozinha, até lá, sem você...

Paine tentou tranqüilizá-la, apertou as mãos dela entre as suas.

— Pauline, eu lhe dei minha palavra de honra... — Isso não significava nada, agora, pois ele era um assassino. — Pauline, eu juro...

— Aqui... nisto. Faça um juramento solene sobre isto, senão eu não vou. — Ela pegou uma pequena cruz de cornalina que levava sempre na bolsa, presa a uma correntinha de ouro, uma das poucas coisas que eles não tinham penhorado. Colocou-a na palma da mão, pressionou-a com a mão direita dele espalmada. Fitaram-se nos olhos um do outro com uma força sagrada.

A voz de Paine tremeu.

— Juro que nada irá me impedir de pegar esse trem; vou encontrar você no trem, aconteça o que acontecer, não interessa quem possa vir para me deter. Com chuva ou com sol, *morto ou vivo*, eu vou embarcar e encontrar você no trem às oito e vinte desta noite!

Ela afastou a cruz, os lábios de ambos roçaram-se depressa, mas com fervor.

— Agora, rápido — apressou-a. — Ele ainda está lá. Não olhe para ele quando passar. Se ele detiver você e perguntar quem você é, diga um outro nome...

Foi com a esposa até a porta de saída, olhou enquanto ela começava a descer a escada. A última coisa que ela sussurrou para ele foi:

— Dick, tome cuidado, por mim. Não deixe que nada aconteça com você até a noite.

Paine voltou para a janela, agachado, as maçãs do rosto coladas ao parapeito da janela. Pauline saiu e passou lá embaixo dali a um ou dois minutos. Ela sabia que não devia olhar para cima, na direção da janela da casa deles, embora o impulso fosse muito forte. O tal homem ainda estava lá parado. Não pareceu notar a presença de Pauline. Até olhava para o outro lado.

Ela saiu do seu raio de visão ao passar para além do prédio. A janela deles dava para o pátio encravado no prédio. Paine se perguntou se ainda voltaria a ver a esposa. É claro que sim, tinha de ver. Compreendia que seria melhor para ela que os dois não se encontrassem nunca mais. Faltava pouco para ele arrastar a esposa para a sua própria desgraça. Mas Paine tinha feito um juramento e queria manter sua palavra.

Dois, três minutos se passaram. A brincadeira de gato e rato continuou. Paine ficou agachado e imóvel junto à janela, o outro ficava parado do outro lado da rua. Pauline agora já devia estar quase chegando à esquina. Ali pegaria o ônibus para o centro. Talvez tivesse de esperar alguns minutos pelo ônibus, talvez ela ainda estivesse ao alcance dos olhos dele. Mas se o tal homem ia mesmo segui-la, abordá-la, teria começado agora. Não ficaria ali parado.

Então, quando Paine olhou, o homem começou a andar para lá. Olhava naquela direção, jogou para o lado alguma coisa que estava fumando, partiu decidido rumo à esquina. Não havia dúvida de que estava olhando para alguém, ou à procura de alguém, pela maneira firme como sua cabeça de movia. Ele sumiu de vista.

Paine começou a respirar quente e rápido.

— Vou matar esse sujeito. Se tocar nela, se tentar deter Pauline, vou matá-lo ali mesmo, no meio da rua, em plena luz do dia.

Ainda era o medo, a covardia em ação, apesar de estar quase irreconhecível nessa altura.

Procurou a arma com a mão, deixou a mão pousada sobre ela, por dentro do paletó, no peito, ficou de pé, correu para fora do apartamento e desceu a escada. Atravessou correndo o pequeno pátio cimentado, cruzou em disparada a frente do prédio e dobrou na direção em que os dois tinham ido.

Então, quando o panorama à sua frente se revelou, Paine hesitou e parou de repente, a fim de assimilar o que via. O panorama oferecia três pontos de interesse, mas separados um do outro. A princípio, só percebeu dois. Um era o ônibus na esquina. A parte da frente projetada para

187

a calçada, a porta dianteira aberta. Viu de relance as costas de Pauline na hora em que embarcava, sozinha e sem que ninguém a incomodasse.

A porta fechou automaticamente, o ônibus deslizou pela rua e sumiu do outro lado. No lado oposto da rua, porém mais perto dele, o homem que vinha mantendo a longa vigília tinha parado uma segunda vez, gesticulava irritado com uma mulher carregada de embrulhos, com quem ele se encontrara. As vozes dos dois estavam tão altas que chegaram aos ouvidos de Paine sem nenhum esforço.

— Faz meia hora que estou ali plantado e não tem ninguém em casa para me deixar entrar!

— Bom, e é culpa minha se você saiu sem levar a chave? Da próxima vez leve a sua chave!

Mais perto dele ainda, no lado da rua onde estava Paine, uma figura meio ociosa se destacava da parede do prédio e se impunha na sua linha de visão. O homem estivera apenas a uns poucos metros de distância o tempo todo, mas os olhos de Paine estavam voltados para o que se achava mais longe, e até aquele instante não havia notado a sua presença.

O rosto do homem assomou de repente diante de Paine. Os olhos dele cravaram-se nos de Paine com uma atenção indisfarçável. Não parecia um desses caras que vêm para prender a gente. Mas agia como se fosse. Apalpou o bolso do colete para pegar alguma coisa, alguma credencial ou identificação. Falou numa voz suave, confusa, que tinha um inflexível tom de comando.

— Só um instante, meu chapa. Seu nome é Paine, não é? Quero falar com você...

Paine não teve de dar nenhum sinal para a sua coordenação muscular; ela agiu automaticamente. Sentiu que as pernas o levavam para trás, para o abrigo do pátio interno, com uma espécie de pulo deslizante. Ele já estava no pé da escada antes que o outro desse a volta pela frente do prédio. Já estava dentro do seu apartamento antes que os passos do outro, lentos e sem piedade, mas nitidamente audíveis, começassem a subir os degraus.

Parecia que o homem vinha sozinho atrás dele. Será que não sabia que Paine tinha uma arma? Logo ia ficar sabendo. Estava no andar de Paine, agora. Parecia saber em que andar devia parar, em que porta devia bater. Talvez o zelador tivesse dito a ele. Mas, então, por que não viera mais cedo? Talvez estivesse à espera de alguém para acompanhá-lo e Paine houvesse estragado seus planos ao aparecer lá embaixo tão cedo.

Paine se deu conta de que havia se metido numa armadilha ao voltar para o apartamento. Deveria ter ido para o terraço e passar para o outro prédio. Mas o instinto natural do animal caçado, tenha quatro patas ou duas, é encontrar um buraco, sair do espaço aberto. Agora era tarde demais: o outro estava logo ali adiante, do outro lado da porta. Paine tentava manter em silêncio a respiração acelerada.

Para os seus ouvidos, sua respiração arranhava como areia sacudida numa peneira.

O homem não tocou a campainha e não bateu com a mão na porta; tentou rodar a maçaneta de um jeito meio furtivo, meio irritado. Aquele acesso de pânico começou a ferver de novo dentro de Paine. Não podia deixar o sujeito entrar; não podia deixar que fosse embora tampouco. Ele iria buscar outras pessoas para ajudá-lo.

Paine apontou o cano da arma para a fenda na porta, entre as duas dobradiças. Com a outra mão, segurou o pino que controlava a tranca e soltou-o.

Agora, se o sujeito quisesse morrer, abriria a porta.

O homem continuou experimentando a maçaneta. Então a porta deslizou um pouco para a frente. A fenda no outro lado se alargou à medida que a porta abria. Paine correu o orifício da arma para cima, pela fenda, até a altura da cabeça.

O estouro foi tremendo. O homem tombou dentro do apartamento, só os pés e as canelas ficaram para fora.

Paine saiu de trás da porta, puxou o corpo para dentro, fechou-a. Parou, as mãos apalparam aqui e ali. Achou uma arma, mais robusta, mais profissional do que a que vinha usando. Pegou-a para si. Achou uma carteira carregada de dinheiro. Pegou o dinheiro também. Procurou o distintivo.

Não havia nenhum distintivo no bolso do colete onde tinha visto o homem enfiar a mão, ainda lá embaixo. Só havia um bolinho de cartões mal impressos. FINANCEIRA STAR. EMPRÉSTIMOS. QUALQUER QUANTIA, SEM FIADOR.

Então o homem não era um deles, afinal; sem dúvida, era um desses caçadores de gente que precisa de dinheiro emprestado, atraído pelo cheiro das dificuldades de Paine.

Três vezes, agora, em menos de vinte e quatro horas.

Instintivamente, agora Paine sabia que estava condenado, se já não estava antes. Não havia mais nada da perturbação que havia sentido nas duas primeiras vezes. Continuava subornando o tempo com balas, agora era só isso e mais nada. E a taxa de juros não parava de subir, o prazo não parava de encurtar. Nem havia mais tempo para se sentir arrependido.

Portas começaram a se abrir lá fora, no corredor, vozes chamavam de um lado e do outro.

— O que foi isso? Um tiro?

— Parece que veio do apartamento 3-B.

Agora Paine tinha de ir embora, senão seria apanhado ali dentro de novo, como numa armadilha. E dessa vez para sempre. Afastou o corpo para que não pudesse ser visto de fora, abotoou o paletó, respirou fundo; em seguida, abriu a porta, deu um passo para fora, fechou-a depois de sair. Todas as demais portas estavam abertas e em todas havia alguém espiando para o lado de fora. Ainda não tinham se reunido em bando no meio do corredor. Em todo caso, eram mulheres, na maioria. Uma ou duas se esquivaram timidamente para dentro quando viram Paine sair.

— Não foi nada — disse ele. — Acabei de quebrar um grande vaso de louça.

Sabia que não iam acreditar nele.

Começou a descer a escada. No terceiro degrau, olhou para o lado e viu o policial chegando. Alguém já tinha telefonado ou avisado pela janela. Ele voltou para cima, passou rápido pelo seu próprio andar e continuou a subir.

A voz do policial falou:

— Pare onde está!

Ele agora estava subindo mais depressa. Mas Paine subia mais depressa ainda.

A voz do policial falou:

— Todos para dentro de casa, todo mundo para dentro! Vou atirar!

Portas começaram a se fechar como bombinhas de festa. Paine deu uma guinada brusca para trás da balaustrada e atirou primeiro.

O policial vacilou, mas agarrou-se ao corrimão e se agüentou de pé. Não morreu fácil como os outros. Atirou quatro vezes antes de perder a arma. Errou três vezes e acertou Paine na quarta.

O tiro atingiu-o no peito, do lado direito, e jogou-o para o outro lado da escada. A dor flamejou e de repente cessou. Paine descobriu que podia levantar de novo. Talvez porque precisasse. Virou-se e olhou para baixo. O policial havia tombado por cima do corrimão e foi deslizando para baixo, até a curva seguinte, como um menino que desce a escada por aí. Só que ele estava de lado, deitado em cima da barriga. Depois tombou no patamar, rolou de lado e ficou estirado no chão, olhando para Paine, mas sem vê-lo.

Quatro.

Paine subiu para o telhado, mas não depressa, já não tinha a mesma facilidade. Os degraus pareciam uma escada rolante que se movia em sentido contrário, tentando levá-lo para baixo. Atravessou para o terraço do prédio vizinho e desceu por ali, saindo na rua atrás da sua. Os dois prédios eram contíguos, fundos com fundos. O carro da polícia já freava cantando pneu, fora da sua vista, na porta do seu prédio. Paine pôde ouvir o barulho por cima dos telhados.

Estava molhado no quadril. Logo ficou molhado até o joelho. E não fora atingido naquelas partes do corpo, portanto devia estar sangrando bastante. Viu um táxi e fez sinal, o carro recuou e Paine embarcou. Entrar no carro causou dor. Quando o motorista perguntou para onde ele ia, Paine por um minuto não conseguiu responder. Sua meia parecia pegajosa por dentro do sapato por causa do sangue. Desejou poder deter o sangue até as oito e vinte. Tinha de encontrar Pauline no trem e, até lá, era um bocado de tempo para ele continuar vivo.

O motorista levou-o em frente e dobrou a esquina, sem esperar que Paine fosse mais explícito. Perguntou para onde ele ia pela segunda vez.

Paine falou:
— Que horas são?
— Quinze para as seis, chefe.

A vida era tremendamente curta — e tremendamente doce. Falou:
— Leve-me para o parque e dê uma volta por lá. — Era a coisa mais segura a fazer, o único lugar onde não iriam procurá-lo.

Pensou: "Sempre quis dar uma volta de carro pelo parque. Não que eu quisesse ir para algum lugar, só queria dar uma volta pelo parque, bem devagar. Nunca tive dinheiro para poder fazer isso".

Agora tinha. Mais dinheiro do que podia gastar no tempo que lhe restava.

A bala ainda devia estar no seu corpo. As costas não doíam, portanto a bala não tinha saído. Algo devia ter barrado o seu caminho. O sangramento tinha amainado. Agora dava para sentir o sangue secando na pele. Mas a dor continuava tentando dobrar o seu corpo ao meio.

O motorista percebeu, falou:
— Está machucado?

— Não, estou com uma espécie de cãibra, só isso.
— Quer que eu leve o senhor para uma farmácia?
Paine sorriu meio frouxo.
— Não, acho que vou deixar a dor passar sozinha.
Pôr-do-sol no parque. Tão calmo, tão prosaico. Sombras compridas atravessavam as trilhas sinuosas. Uma ou duas babás retardatárias empurravam seus carrinhos de bebê de volta para casa. Um ou dois ociosos à toa nos bancos, no crepúsculo. Um laguinho, com um bote a remo no meio, no qual um marinheiro de folga passeava com a namorada. Um vendedor de limonada e pipoca empurrava sua carrocinha de volta para casa depois de um dia de trabalho.

Estrelas começavam a brilhar. Às vezes a silhueta preta das árvores se desenhava contra o fundo acobreado do céu do poente. Às vezes tudo ficava meio borrado, e Paine tinha a sensação de que estava sendo arrastado por um redemoinho. Mas ele sempre resistia e clareava seus sentidos outra vez. Tinha de pegar aquele trem.

— Avise-me quando for oito horas.
— Claro, chefe. Ainda são só quinze para as sete.

Um grunhido foi arrancado de dentro de Paine quando o carro passou por um buraco na pista. Ele tentou disfarçar, mas o motorista na certa tinha ouvido.

— Ainda está doendo, não é? — perguntou, solidário. — O senhor devia dar um jeito nisso. — Começou a falar da sua má digestão. — Olhe só o meu caso, por exemplo. Fico muito bem até comer um prato mexicano apimentado e tomar refrigerante. Toda vez que como um prato mexicano e tomo refrigerante...

Calou-se de repente. Olhava fixamente no espelho retrovisor. Paine fechou cuidadosamente as lapelas por cima do peito da camisa molhada. Sabia que era tarde demais para que isso servisse para alguma coisa.

O motorista não falou nada durante um bom tempo. Estava pensando, e era do tipo que pensa devagar. Então, por fim, sugeriu bruscamente:

— Se importa que eu ligue o rádio?
Paine sabia o que ele estava querendo. Pensou: "Está querendo ver se ouve alguma notícia sobre mim".
— Não se preocupe — apressou-se o motorista —, já está incluído no preço. Não vai ter nenhum custo extra para o senhor.
— Tudo bem — concordou Paine. Também queria ver se ouvia alguma notícia a seu respeito.
A dor ficou um pouco mais fácil de suportar, como a música sempre faz. "Eu também dançava", pensou Paine, enquanto ouvia a melodia, "antes de começar a matar pessoas."

Durante um tempo, nenhuma notícia sobre ele.
— Foi dada uma ordem de prisão contra Richard Paine. Paine, que estava prestes a ser despejado do seu apartamento, matou a tiros o empregado de uma financeira. Em seguida, quando o policial Harold Carey atendeu ao chamado, teve o mesmo destino. Porém, antes de perder a vida no cumprimento do dever, o patrulheiro conseguiu causar um grave ferimento no perigoso delinqüente. Uma trilha de sangue deixada pelo fugitivo na escada para o terraço do prédio, que lhe serviu de rota de fuga, parece confirmar isso. Ainda está à solta, mas na certa isso não vai durar muito. Cuidado com esse homem, ele é perigoso.
"Não se o deixarem em paz, deixem que ele pegue o seu trem", pensou Paine, com tristeza. Olhou para a silhueta subitamente dura na sua frente. "Vou ter de fazer alguma coisa com ele... agora... eu acho."
A notícia veio numa hora ruim para o motorista. Algumas das ruas principais que cruzavam o parque tinham muito tráfego e eram muito bem iluminadas. Ele poderia obter ajuda de um outro carro. Mas aconteceu que veio exatamente numa hora em que estavam numa rua pouco freqüentada, escura e solitária, sem nenhum outro carro à vista. Na esquina seguinte, a rua desembocava numa das

artérias de tráfego mais pesado. Dava para ouvir o rumor do trânsito ali de onde eles estavam.

— Estacione aqui — ordenou Paine. Estava com a arma na mão. Ia só bater com ela no motorista, desacordá-lo e amarrá-lo, para ficar fora de combate até as oito e vinte.

Pelo modo como o motorista respirou fundo, deu para ver que ele já queria bancar o espertinho com Paine desde o instante em que ouvira a notícia no rádio, estava só esperando chegar perto de uma das saídas ou topar com um sinal fechado. Freou. Então, de repente, saiu do carro correndo, tentou fugir para trás dos arbustos.

Paine tinha de alcançá-lo, e bem depressa, senão o motorista avisaria à administração do parque. Iam fechar os portões em cima dele. Sabia que não podia sair do carro e ir atrás do motorista. Fez pontaria baixa, tentou acertar nos seus pés ou na perna, só para derrubá-lo.

O motorista tropeçou em alguma coisa, caiu estirado no chão, um segundo antes de Paine apertar o gatilho. A bala deve ter sulcado as suas costas, em vez de atingir a perna. Estava inerte quando Paine chegou até ele, mas ainda estava vivo. Olhos abertos, como se os centros nervosos estivessem paralisados.

Paine mal conseguia se manter de pé, mas ainda foi capaz de arrastá-lo até o táxi e, de algum modo, colocá-lo no banco de trás. Pegou o quepe e pôs na própria cabeça.

Paine sabia dirigir — pelo menos dirigia antes de estar morrendo. Acomodou-se diante do volante e pôs o carro em movimento, devagar. O barulho do tiro devia ter se dispersado no espaço ao ar livre, ou ter se confundido com o estouro no escapamento de um carro; o fluxo do tráfego rolava distraidamente quando o tiro se misturara com o seu rumor, sem chamar atenção. Paine saiu daquela via movimentada na primeira chance que teve, dobrou na primeira rua escura e vazia que surgiu em seu caminho.

Parou de novo, saiu, foi até a porta de trás para ver como estava o taxista. Queria ajudá-lo de algum modo, se pudesse. Talvez deixá-lo diante de um hospital.

Era tarde demais. Os olhos do motorista estavam fechados. Já estava morto, naquela altura.

Cinco.

Já não tinha mais nenhum significado. Afinal, para quem está morrendo, a morte não é nada.

— Vamos nos ver de novo daqui a uma hora, mais ou menos — falou.

Tirou o paletó do taxista e usou-o como mortalha, para evitar que o brilho pálido do seu rosto se destacasse na penumbra do táxi, caso alguém chegasse perto da janela. Não estava mais em condições de retirar o corpo do carro e deixá-lo no meio do parque. Os faróis de algum carro de passagem por ali poderiam iluminá-lo antes de haver terminado a tarefa. E, afinal, parecia mais adequado deixá-lo repousar dentro do próprio táxi.

Agora, faltavam dez para as oito. Era melhor tomar o rumo da estação. Poderia ser retardado pelos sinais de trânsito no caminho, e o trem só ficava parado alguns minutos, para embarque e desembarque, na estação Norte.

Paine teve de voltar para o fluxo principal do trânsito a fim de deixar o parque. Desviava-se para o acostamento e avançava bem devagar. Saiu da pista várias vezes. Não porque não soubesse dirigir, mas porque seus sentidos estavam enevoados. E, a cada vez, forçava a sua consciência a despertar e forçava o carro a andar para a frente. "Trem, oito e vinte", ele sacudia diante da sua mente, como se fosse uma lanterna vermelha. Mas consumia anos de sua vida em minutos, como um esbanjador, e dentro de muito pouco tempo já não teria mais forças.

A certa altura, um carro com sirene passou por ele, fazendo barulho, tomando um atalho através do parque, passando de um lado da cidade para o outro. Paine se perguntou se estariam atrás dele. Não pensou muito no assunto. Agora, nada mais tinha muita importância. Só oito e vinte... trem...

A todo momento seu corpo queria se dobrar ao meio, lentamente, na direção do volante, e quando este encostava no peito o carro dava umas guinadas loucas, como se também sentisse a dor. Duas vezes, três vezes, os pára-lamas ficaram arranhados, e Paine ouviu umas vozes fracas lançando insultos contra ele, lá do outro mundo, o mundo que ele estava deixando para trás. Perguntou a si mesmo se o xingariam daquele jeito caso soubessem que estava morrendo.

Outra coisa: Paine não conseguia manter uma pressão constante no pedal do acelerador. A pressão esmorecia toda hora, como quando a corrente elétrica oscila e o carro começa a ratear e a querer parar. Aquilo aconteceu bem na hora em que estava saindo do parque, atravessando a ampla praça circular da saída. Ela era controlada por semáforos, e Paine ficou parado diante de um sinal verde, no meio. Havia um guarda para controlar o trânsito, em cima de um estrado. O guarda apitou com tanta força para Paine que o apito pulou da sua boca. Acenava para ele com tanta força que faltou pouco para se jogar de cima do estrado.

Paine, incapaz de reagir, ficou ali parado.

O guarda agora vinha na sua direção, enfurecido como um leão. Paine não tinha medo de que vissem a carga que levava no banco traseiro do táxi; não estava mais sujeito a esse tipo de medo. Mas se o guarda fizesse qualquer coisa para impedi-lo de pegar aquele trem das oito e vinte...

Por fim, esticou o braço para baixo, agarrou a própria perna pela canela, levantou-a uns cinco centímetros do chão, deixou-a cair de novo, e o táxi andou para a frente. Era ridículo. Mas, afinal, certos aspectos da morte muitas vezes são ridículos.

O guarda deixou-o passar, só porque detê-lo mais um pouco ali iria deixar o trânsito ainda mais confuso do que já estava.

Agora estava quase chegando. Faltava só uma reta, através do centro, depois uma curta guinada para o norte. Era bom se lembrar disso, porque ele já não conseguia enxergar as placas de trânsito. Às vezes os prédios pareciam se inclinar em cima dele, como se estivessem prestes a desabar. Às vezes parecia que Paine estava subindo uma ladeira íngreme, onde sabia que não havia ladeira nenhuma. Mas sabia que isso acontecia porque ele oscilava para um lado e para o outro no banco do motorista.

A mesma coisa aconteceu de novo alguns quarteirões adiante, bem na frente de um grande e elegante prédio residencial, e na mesma hora o porteiro se adiantou, afobado, soprando um apito. Ele logo segurou a maçaneta da porta traseira do táxi de Paine e abriu-a inteira antes que Paine pudesse impedi-lo, embora o táxi ainda estivesse em movimento. Duas mulheres em vestidos de noite vieram ligeiro da entrada do prédio atrás do táxi, uma um pouco na frente da outra.

— Não... está ocupado — Paine tentava dizer. Já estava fraco demais para que a sua voz pudesse ser ouvida, ou então elas preferiram ignorá-lo. E Paine não conseguia empurrar o pé no pedal naquele momento.

A mulher que vinha mais na frente gritou:

— Rápido, mamãe. Donald nunca vai me perdoar. Prometi chegar às sete e meia...

Ela pôs um pé no estribo da porta do táxi. De repente, apenas ficou ali parada, perplexa. Na certa tinha visto o que estava lá dentro; ali estava mais iluminado do que no parque.

Paine acelerou o táxi com a porta aberta e tudo, deixando a mulher lá atrás, petrificada, no meio da rua, em seu vestido longo de cetim branco, a olhar na direção dele. Estava assustada demais até para gritar.

E por fim Paine conseguiu chegar lá. Conseguiu também um breve momento de descanso. As coisas se clarearam um pouco. Como as luzes se acendem no teatro quando o espetáculo termina, antes de a casa ficar toda escura e fechada durante a noite.

A estação Norte fora construída embaixo de um viaduto que levava os trilhos elevados por cima das ruas da cidade. Paine não podia parar na frente da estação; não era permitido estacionar. E havia longas filas de táxis de ambos os lados da área em que era proibido estacionar. Dobrou a esquina que dava para uma travessa meio morta que separava o viaduto do prédio contíguo. Havia na travessa uma entrada lateral para a estação.

Quatro minutos. Devia chegar em quatro minutos. Já havia partido do centro da cidade, estava a caminho, trepidando em algum ponto entre as duas estações. Paine pensou: "É melhor que eu vá para lá. Talvez seja difícil eu me mexer". Ele nem sabia se conseguiria ficar de pé.

Queria apenas ficar onde estava e, sem sentir, deixar que a eternidade passasse por ele.

Dois minutos. O trem estava adiantado, dava para ouvi-lo chacoalhando e trepidando pelo viaduto de aço, em seguida bufando numa freada longa e arrastada.

A calçada lhe pareceu terrivelmente larga da porta do táxi até a entrada da estação. Recolheu os últimos restos de energia que ainda tinha, afastou-se do táxi, começou a andar, em ziguezague, e os joelhos abaixavam um pouco mais a cada minuto. A porta da estação ajudou-o a ficar de novo ereto. Entrou no salão de espera, e era tão amplo que ele logo entendeu que jamais seria capaz de atravessá-lo. Faltava um minuto. Tão perto e no entanto tão longe.

O guarda da estação já chamava:

— Expresso para Montreal, oito e vinte!... Pittsfield, Burlington, Rouse's Point, Montreal! Embarcar!

Havia filas de bancos de comprido ao seu alcance e isso o ajudou a vencer a extensão do salão, de outro modo insuperável. Jogou-se no assento da ponta do banco da primeira fila, ajeitou-se um pouco, arrastou-se cinco assentos à frente, apoiando-se nas mãos e nos pés, passou para o outro; repetiu o procedimento até estar perto da roleta de passagens. Mas o tempo estava passando, o trem ia partir, a vida estava indo embora depressa.

Faltavam quarenta e cinco segundos. Os últimos passageiros retardatários já haviam subido. Havia duas maneiras de subir: uma escadaria comprida e uma escada rolante.

Paine cambaleou na direção da escada rolante, chegou lá. Não seria capaz de passar pelo bilheteiro, se não estivesse com um quepe de taxista na cabeça — uma circunstância que nem ele nem Pauline haviam previsto.

— Vou encontrar um cliente — sussurrou de forma quase ininteligível, e as lentas pás de moinho da escada rolante começaram a levá-lo para cima.

Um apito soou no andar de cima, na plataforma junto aos trilhos. Os eixos e as rodas soltaram um guincho inicial de movimento.

A única coisa que ele podia fazer era manter os pés sobre o degrau da escada rolante. Não havia ninguém atrás dele e, se caísse para trás, mergulharia direto até o fundo da longa cascata. Paine cravava as unhas na borracha do corrimão que subia junto com os degraus, dos dois lados, e se agarrava com todas as forças.

Começou uma gritaria lá fora, em algum lugar na rua. Dava para ouvir o apito de um guarda que soprava freneticamente.

Uma voz gritou:
— Para que lado a gente vai?
Outra voz respondeu:
— Eu vi o cara entrar na estação.

Afinal, haviam encontrado o que estava dentro do táxi.

Um instante depois de o teto do salão de espera cortar sua visão, Paine ouviu um tropel de pessoas que acorriam de todas as direções, lá embaixo. Mas agora ele não tinha tempo para pensar sobre isso. Por fim, estava na plataforma, no andar de cima. Os vagões deslizavam como seda. A porta de um vagão de passageiros estava aberta e avançava, enquanto um condutor embarcava no trem por ali. Paine andou naquela direção, o corpo meio abaixado, um braço esticado, reto, como numa saudação dos fascistas.

Soltou um grito sem palavras. O condutor voltou-se,

viu-o. Houve um solavanco, e de repente ele caiu estatelado no chão do vagão. O condutor lançou um olhar sarcástico para ele, recolheu a escadinha retrátil e fechou a porta com estrondo.

Tarde demais, um policial, alguns carregadores e alguns taxistas correram de um jato da escada rolante. Dava para ouvir seus gritos lá atrás, a um vagão de distância. O assistente do condutor não ia abrir a porta para eles. De repente, a comprida plataforma iluminada se desfez, e a estação ficou para trás.

Na certa não estavam pensando que tinham perdido o homem que procuravam, mas tinham. Claro, iam telefonar para a estação seguinte, iam deter o trem para que ele fosse retirado em Harmon, onde a locomotiva elétrica era substituída por outra, a carvão. Mas não iam apanhá-lo. Ele não estaria no trem. Só o seu corpo.

Todo homem sabe quando vai morrer; ele sabia que não ia viver mais do que cinco minutos.

Avançou cambaleante por um corredor comprido e iluminado entre as poltronas. Mal conseguia ver o rosto das pessoas. Mas ela iria reconhecê-lo; tudo ficaria bem. O corredor terminou, e ele teve de atravessar de um vagão ao outro. Caiu de joelhos, pela falta do encosto dos assentos, onde até então vinha se apoiando.

De algum modo, conseguiu erguer-se, contorcendo-se, e entrou no vagão seguinte.

Mais um corredor comprido e iluminado, entre as poltronas, com milhas de distância.

Estava perto do fim, dava para ver o vagão seguinte se aproximando. Ou talvez fosse a porta da eternidade. De repente, do último banco, uma mão se estendeu e chamou-o, e lá estava o rosto de Pauline, que olhava aflita para ele. Paine se contraiu todo, como um pano lavado e torcido, e desabou no assento vago ao lado da esposa.

— Você já ia passar direto — cochichou ela.

— Eu não consegui ver você direito, as luzes estão oscilando muito.

Pauline olhou para as luzes, com surpresa, como se para ela a iluminação estivesse normal.

— Mantive a minha palavra — arquejou Paine. — Peguei o trem. Mas, ah, estou cansado... e agora eu vou dormir. — Começou a se virar de lado, na direção dela. Sua cabeça tombou sobre as pernas da esposa.

Pauline trazia a bolsa sobre as pernas, e a queda de Paine deslocou-a. A bolsa caiu no chão, abriu-se, e tudo o que estava ali dentro se espalhou em volta dos pés dela.

Os olhos de Paine abriram-se pela última vez e concentraram-se debilmente no pequeno maço de notas, com um elástico em volta, que havia caído junto com tudo o mais.

— Pauline, todo esse dinheiro... onde você arranjou tanto dinheiro? Só lhe dei o bastante para comprar as passagens do trem...

— Burroughs me deu. São os duzentos e cinqüenta dólares de que estamos falando faz tanto tempo. Eu sabia que, no final das contas, você nunca ia querer nem chegar perto dele para pedir o dinheiro, assim eu mesma fui lá... na noite passada, logo depois que você saiu de casa. Ele entregou o dinheiro de boa vontade, sem fazer a menor objeção. Tentei lhe contar hoje de manhã, mas você não deixou nem que eu falasse o nome dele...

Série Policial

Réquiem caribenho
  Brigitte Aubert

Bellini e a esfinge
Bellini e o demônio
Bellini e os espíritos
  Tony Bellotto

Os pecados dos pais
O ladrão que estudava Espinosa
Punhalada no escuro
O ladrão que pintava como Mondrian
Uma longa fila de homens mortos
Bilhete para o cemitério
O ladrão que achava que era Bogart
Quando nosso boteco fecha as portas
O ladrão no armário
  Lawrence Block

O destino bate à sua porta
Indenização em dobro
  James M. Cain

Post-mortem
Corpo de delito
Restos mortais
Desumano e degradante
Lavoura de corpos
Cemitério de indigentes
Causa mortis
Contágio criminoso
Foco inicial
Alerta negro
A última delegacia
Mosca-varejeira
Vestígio
  Patricia Cornwell

Edições perigosas
Impressões e provas
A promessa do livreiro

Assinaturas e assassinatos
  John Dunning

Máscaras
Passado perfeito
Ventos de Quaresma
  Leonardo Padura Fuentes

Tão pura, tão boa
Correntezas
  Frances Fyfield

O silêncio da chuva
Achados e perdidos
Vento sudoeste
Uma janela em Copacabana
Perseguido
Berenice procura
Espinosa sem saída
Na multidão
  Luiz Alfredo Garcia-Roza

Neutralidade suspeita
A noite do professor
Transferência mortal
Um lugar entre os vivos
O manipulador
  Jean-Pierre Gattégno

Continental Op
Maldição em família
  Dashiell Hammett

O talentoso Ripley
Ripley subterrâneo
O jogo de Ripley
Ripley debaixo d'água
O garoto que seguiu Ripley
  Patricia Highsmith

Sala dos homicídios
Morte no seminário
Uma certa justiça
Pecado original
A torre negra
Morte de um perito
O enigma de Sally
O farol

Mente assassina
P. D. James

Música fúnebre
Morag Joss

Sexta-feira o rabino acordou tarde
Sábado o rabino passou fome
Domingo o rabino ficou em casa
Segunda-feira o rabino viajou
O dia em que o rabino foi embora
Harry Kemelman

Um drink antes da guerra
Apelo às trevas
Sagrado
Gone, baby, gone
Sobre meninos e lobos
Paciente 67
Dança da chuva
Coronado
Dennis Lehane

Morte em terra estrangeira
Morte no Teatro La Fenice
Vestido para morrer
Morte e julgamento
Donna Leon

A tragédia Blackwell
Ross Macdonald

É sempre noite
Léo Malet

Assassinos sem rosto
Os cães de Riga
A leoa branca
O homem que sorria
Henning Mankell

Os mares do Sul
O labirinto grego
O quinteto de Buenos Aires
O homem da minha vida
A Rosa de Alexandria
Milênio
O balneário
Manuel Vázquez Montalbán

O diabo vestia azul
Walter Mosley

Informações sobre a vítima
Vida pregressa
Joaquim Nogueira

Revolução difícil
Preto no branco
No inferno
George Pelecanos

Morte nos búzios
Reginaldo Prandi

Questão de sangue
Ian Rankin

A morte também freqüenta o Paraíso
Colóquio mortal
Lev Raphael

O clube filosófico dominical
Alexander McCall Smith

Serpente
A confraria do medo
A caixa vermelha
Cozinheiros demais
Milionários demais
Mulheres demais
Ser canalha
Aranhas de ouro
Clientes demais
A voz do morto
Rex Stout

Fuja logo e demore para voltar
O homem do avesso
O homem dos círculos azuis
Fred Vargas

A noiva estava de preto
Casei-me com um morto
A dama fantasma
Janela indiscreta e outras histórias
Cornell Woolrich

ESTA OBRA FOI COMPOSTA PELO GRUPO DE CRIAÇÃO EM GARAMOND
E IMPRESSA PELA GEOGRÁFICA EM OFSETE SOBRE PAPEL PAPERFECT DA
SUZANO PAPEL E CELULOSE PARA A EDITORA SCHWARCZ
EM SETEMBRO DE 2008